谨以此书纪念我的母亲

孟明,诗人,翻译家。现旅居法国。

细色

孟明 著

华东师范大学出版社

华东师范大学出版社六点分社 策划

目 录

自序 1

日昃之离

成长 5
花开着。没有土地 7
乱红 9
爱情故事 11
木椅和肖像 13
籰古子开花了 17
神意裁判 19
细色 21
小事吉 25
外婆的驱魔术 26
病榻死亡的面孔 28
半截人 30
大地 32
那遥远的…… 33
枫木鞘花 35
时间和两个人 42

2　细　色

梦〔1973年〕　44

石灰走道　47

他又回到魔花之乡　49

两姐妹　51

日昃之离　53

去玳瑁岛　59

天　命

四月　63

簪花人　64

感伤的广州　67

假如　72

旧图片、庞德和煤炉　74

岁月三籤　76

跌坐　79

六块窗玻璃　80

亚伯拉罕的汉歌手　83

槐花之年　85

木樨地的雨　87

私生活　89

十条八条　91

什刹海　94

缶　95

诗人不敬王者　98

语文　100

好死歹活　106

人肉发动机　110

鬼市　114

汉俳四题　115

制陶女　117

祖国　125

古老的胃病　126

途中　128

胡同之夜　129

官人曲　131

天命　134

年深月久　146

损耗　147

他回忆起苏州的雨　152

给矢吹诚君　159

听鼓　161

未完成的诗　163

梦中失笔　164

十地书

冬天　167

给我鲜花　169

暗梯　171

到对岸去　175

一次旅行的不确定方面　177

拉丁花体字 181

马德利加短歌 184

海德堡片断 185

尼采 187

马约门的雨夜 189

钟表的用途 191

Près du Sacré-Cœur 192

月光,或青铜 195

天使望故乡 196

仿龙莎体爱情诗 200

我们总是这么说 209

新鞋子,越橘树 215

丹妮和雷吉斯的中国 217

戈多之死 224

西水的海滩 226

写在衬页后面 227

再次 229

自　序

我早年读《花间集》，读到五代词人顾夐写女子怀人诗，篇中有"我忆君诗最苦"句，不觉为之感动以至不能忘怀。那时的诗人，无论写"杨柳大堤"还是"小楼深闺"，诚如晁谦所言"思深而言婉"。不管后世论家怎么诟詈，至少他们凭亲身经历体会到一点，惟有私生活给人以庇护、勇气和希望，去抵御兵燹、杀戮或政治上的严酷。我这样说，并非主张诗人写我们这个时代的"花间词"。诗似乎比任何时候都无足轻重了；在一切文字的另一边，在琐碎的生命里，就像废名笔下王老大的桃园和杀场，无论人性还是血腥之筹计，诗始终凄美得割不去扯不断，掂在手里依然沉甸甸的，如同一只玻璃桃子。诗，已然成为一种天命。

这个集子所收文字，称得是一部岁月残简。断断续续的写来，纠结于时间、生存、流寓与思考，倏忽之间已近三十个年头。其中，部分作品此前曾发表于海外复刊的《今天》，另有部分诗作刊于国内外其他文学杂志。十二年前，为应友人索集之窘，曾编印私藏本个人诗选《大记忆书》并跋文一篇，仅印 51 册，分赠诸好。回头翻读，今之心境与彼时竟一脉相通。夫文字之迹，虽时过景迁，亦可鉴矣。承蒙出版人倪为国先生好意，旧稿重刊，个别文字做了订正或改动；同时补增部分未刊诗稿和新作，庶几得以新貌见诸同好。惟其于己无愧无责，而姑寓焉。

书名"细色"来自佛教用语。此词在佛典里通释色法之精妙者或肉眼不可见者，与"粗色"相对；但在这里，这个暗昧的术语当从更广的意义去理解。语言是我们的故乡，所谓更高的精神，虽然是某种已然升华的东西，然其根基和起点不在空洞的人造天堂，而毋宁在生存之细微处。可道的，未必能道尽。

我在此书一首诗（《他回忆起苏州的雨》）的献词提到一位真正的诗人。在1989年以后道路迷茫的年代，我们之间有过一场延续多年关于诗歌、尘俗生活与更高精神的私人谈话。有一年夏天，他从图宾根到巴黎来看我，突然提这样一个问题："我现在写诗很彷徨，既然诗人不能脱俗，更高的精神中如何容纳尘俗之物？"随着时间的推移，这场谈话断断续续在不同的见面地点展开。我印象最深的，是2001年在苏州那次，我们在琐碎的人生中谈论这过于严肃的问题，显得与时代的气息格格不入，而他对生活，对美食，对酒，对女色天然丽质的爱恋，以及他对"在世"的看法，包括对一盘"韭黄鳝丝"的品尝，令我难忘。这场谈话一直延续到他去世后的若干年。人们可以对比这首诗与先前发表的两份不同笔记体稿本，会看到一些思路的订正和移动。

诗未写完，他已先我而去。我这篇东西至此亦一仍其旧了，不复有定稿。惟陌路念旧，冢树挂剑，作为一份私人谈话的存档，同时也作为一个永恒的纪念。因为按古人的说法，冥冥中的思依然是思，故谈话还会持续，诗亦是如此。是为序。

孟　明
2014年春于巴黎

日昃之离

故乡呀,
挨着碰着,
都是带刺的花。

——小林一茶

成长

那时天空堆满了旧物。轻的
是木绳。风刮起阔叶树的大袋子,
我们掉进去了,诞生即失去,
第一次惊叫就失去。笑着笑着,
非要藏进那迷乱,喉音——
改变了它,我们流着血走出来

浮桥上的太阳把河晒成了盐,
亮得发蓝的盐,吓坏绳子和早熟的脸。
她睁大眼睛望着那只很坏的手,
血在五个指头上闪亮。我们坐着
并不痛苦,只是起源带来惊讶和恐惧。
我够不着那对小乳房,她荡去

回来的是木板上晃来晃去的
小小幻想。手抓得那么紧,仿佛
该来的来得太早,夜鸟飞走,
成熟的身体露出短衣,一次荡起

就撕开了所有的秘密。终究
掉下去了。为什么松手?那么突然。

水还是那样。秋天它变红,到冬天
就亮得像水银。从那以后
我和英在 S 地重逢,一同坐在秋千上
静静回想逃、躲开人类和看月亮。
因为死可能追上幻想,
已不能从高处大叫并松开手。

花开着。没有土地

花开着。没有土地,母亲
不是土地。只有台阶上的人,
弯腰,用木盆晒水,在石上捣苦艾草。
大风吹过,你坐在盐田
心事如盐。关于大地你能说什么

能否找到相似的事物?
你踏着大地的幻想
　　　　　在词语中流亡。
你举出例子,那秋天的诗人
在格罗岱克,风车木翼断了。
没有大地,木翼断了,妹妹穿着白衣
来到你和混战流血的伙伴中间,而你
拿起书本,血泊已经浸透书页
——你唯一的大地。
她来,手放在你脸上,云轻轻飘过
如果这是你的大地,开着花,白色的凤仙花
白是你早年的幻觉经验,坚实的
靠得住,你就不会失去。

细 色

在烫脚的石上,母亲
捣油枯,她年年晒水洗头,
用苦艾擦身,擦血和伤
这就是你寻找大地的理由吧——

那里生长着多根的人
血红色的旧河岸,妹妹的鞋
在红土路的光芒里发出噗噗的响声
那急促地踢着地上落叶的怪癖。

乱红

风吹红楹。乱了,
荡起,落去,落去还荡起
我捧起肉体,捧起你,
我的第一个词,——疯血开花。

在未犁的田野,
贫穷的家园。我要
看着你长大,看着你
从树上跳下来,坚实的乳房
慌里慌张,一下就撑破了衣裳!

掰开荚果,
细雨濛濛,我们
都要把这少年骨头还给少年。
你哭着跑了,像只
蹦蹦跳跳的小家雀;而我
仿佛,仿佛是那不明世界的乱身,

在这灰暗的人世

细 色

偷窥了诗意的血,
它在我手上闪亮,我把它
放进嘴里。我要奔向悬崖了。

疯走的人,
奔向悬崖。

在镇卫生所,那翘腿的老郎中说,
不会的,你不会跳进大海像鱼那样游走。
一定是这样,见了血光
你把鬼推回树干,它急得大叫。

风吹红楹乱了一树血,
你的第一首诗,疯血开花。
她怯生生走来,你在黑暗中抓住一朵云。
那是你第一次看见她的内衣,
乱了,在红楹树下。

爱情故事

看见那块礁石吗?
红色的。据说海妖也是红色的,
她总是在黄昏的镜子里出现。
等你走,他们这么说。

我没有走。露天的桌椅
乱了。一个少年穿过防风林,
那边有人打鼓,用干树枝烧船,
拾针叶的女孩在火上跳房子。

他走上那块礁石,
我坐在椅上读英的故事。
你出现在他的背后:
——"想跳海吗?"

多年以前。我回过头,
你声音沙哑。他们是远远走来的,
我颤栗。每一个声音
简单,饱满,像风聚集了沙。

12 细　色

你说他们还会来吗？
面对海。水母成群的宫殿，
船佬在火上独白。我们
互道晚安。沿沙地走，

你一定说这天很平常，
他无法忍受夕阳下黄金般的海水。

我们是否永远在此地和彼时，
是否也可以倒过来说彼时此地？

起风了。你声音沙哑
好听。往事并不沉重，
海水涨上来。少年走了。
你看，礁石上又站了许多人

1987年，三亚

木椅和肖像

1

谁还能听见那里的走动?
孩子,他跑进去——
"看见我吗?"从空到空,
声音,击水成花,顷刻落去。

穿过黑暗她伸来手
也是空的。手是一朵花,
从木头上长出,
在回声敞开的地方——
碰到我的肩膀,说又长高了。

她看见我和黑暗纠缠,
从这边缠过去,像个不谙世事的人
与骷髅争夺那根线,而路上
很多人看不见,就走了。

2

说是大道海心。
人在路上,心事茫茫。缠向
多风的地界,那里常有化人执鸡而行。

椅背上,那对深暗的眼窝
曾教我习字。她说:"这帖
是你父亲手书,在他年轻时,
为了勾引你母亲。"为何

提起这个?母亲曾拿着帖
去墓地,在镇上革命的那年……
整个夏天,我看见天空中有飞旋的小鬼,
个个像血写的丨字。

3

我的外祖母坐在床边
头向后梳。她不要镜子,
水银照不出心,照不出人。

她用回声说话,好像她藏在
哪我找不着,而秋天的老宅更深了

更暗了。光夹着树叶飘进来,
她穿宽大的黑衣拖到地上;再说
她的大木梳也是黑木做的。

黄历和山水,记忆中的家室,
木椅上那深陷皱纹的面庞与世无争,
祥和超过了警觉。我知道,
她丢下妈妈为她订做的大袖宽衣,
回去找她狂野的少女时代。

我们都不能阻拦。(我
现在还那样想)惟有那边
依然鲜亮地绽放着,她的木篦,园子,
窗牖和时间中摇曳的红石榴……

4

那些事物
按照记忆,无声地来。没有尺度。

5

没有尺度。我跑进去,
家在水墨色的老年中衰败,

其他物件也已变卖。
空旷了,时间,没有取走一切。

瞧,这木头的宁静——
肖像时而摇晃在剥蚀的暗影
和光线之间。床和鞋。木枕和
扇子。她和黑暗在一起。她失明了
可每次,每次,她都看见我跑来。
1986 年作,2003 年改定。

蘜古子开花了

蘜古子开花了
开出白花花的肉体。
几时,山道成了小妇人,
你跟在后面,走着
就长成了硬木,跑进姐姐的斗笠。
没有可惦记的了
惟有这生命,混浊到美丽。
人说那花开得野
　　　木心就不会死。
呵我跑不开,这暗影
重重但记住了的门,我贪恋
缀在黑暗里的东西。
别跟我说世界,这就是
世界;别跟我说诗歌,这就是诗歌
生生死死,而生活
　　　用琐碎克服了苦难。
是啊,有血
就有庇护。你能告诉我
这沟垄这河流这心事

为何一次次耗尽没有断念。
更深,更远。那里,
那些像是有罪的,包括你的青春
早已被命运预言。你看,
河流上,白鹭沿着秋天的路径飞走了
我冬天的书架,词语
又飞来筑巢。

神意裁判

失去中心,老宅里藏匿的石人
全都逃到门外,——不是心灵
绝不是。如地上怦然心跳的瓦罐倾倒出
苡米和叹息;或者,一只船被风
击碎了,人在岸上哭海。生活始终平静,
如拄杖人在暮色里顺着狗声张望。

这些人,隐秘家族,怎样来
又怎样制造他们的出场者?瞬间
竹烟筒扔了一地。海市如沙,
黏在皮肤有坐入大地的快感。
呼唤,来自低矮的房子,
常年飘着咸鱼和海水气味的街道。

走出去就能看见,水重复
每日的集市,也重复着挑担过桥的
七个姊妹。哦,那些皮肤晒黑的
女人(她们或许就是一个)。
命运的判别已成了一部世说新语,

七这个没有意义的虚数也变得重要。

这地方，七可能意味着十个葬礼
或者四十九只天鹅从未亡人的宅顶飞过。
天空依旧，农事依旧，街上卖肉，
邻人授衣备食。虚数使我们不安，
或以它古老的数相使人丁兴旺，
或以其溢美的习俗杀死一个不慎的诗人。

细色

往事摇曳。
谁在说话?谁的话语
向我叙说你的事情?人片黄花……
你,旧木门,黑暗之光透出。
此刻已是将来,破碎的,完好的;
风,早已挖出崩解成
各种元素的骨头。你讲这些,
本质的,空的,足音还在

　　"来,我们一起跑过菜地,
　　走到那个风吹死人头的弯路口"

那脚步——
　　　　我早年写出,
词语,影子花,八月的
透骨草,在你染红的指尖上轻轻一弹
果荚破裂,种子飞出。呵,
随风落地的人,一桌拿着白亮的骨勺。
他们流年不利,眼睛的细缝里

还飞着蝙蝠,落出砂质的红土。
关于他们,记忆也被抹去。
你说,那是村庙里来来去去的供养人
手拿灰刀,一年年
刮去我们脸上衰败的泥墙。

"小心,别打碎了
那只碗,妈妈会生气的"

静静的红土路
暗血流淌。这惯常的
纯净到不沾人性的橘红色黄昏
从不让人吃惊,一桌人坐着,
而秋天露出万物的骨头。
事多。家事与人,
你把针头线脑翻出来,
我们,粗色已亡,细色
何在?细色,——时间下面,
泥土下面,那白皙的一堆?

"这惯常的
纯净到不沾人性的橘红色黄昏……"

仿佛一种救度。
血变暗了,可以生活,

在门内,在黑暗里;
而风,这拾骨者,卷起一切
投进那血色的轮辋。切莫轻易说
骨髓已落入伤悲。那边
有我们的红土路。你曾踢着
树叶,奔跑在牛角和尖尖月角的光亮之间,
那光细小,而词语从未变暗。
你说来追我。好,我十六岁的灵魂
用䎬脚走路,顶着风

  "把柴捆抱来,站上去
  点亮那盏风雨灯,挂在水缸上面"

灯下,一簇簇
影子花。她比你高大,你站树下,
她落你脸上,就这么落着,细细碎碎的。
当人性不能指望自己,
这土地,又留给我们什么?
说色空的人,心中有法;
你没有,你用什么拯救你的时间?

  "跟不上了。你穿红袄,
  我灰地白字,那字花像你五月刘海。"

这些,说不上来,大地,

根源和本色。活着
而存在破碎,仿佛你还没有
出生。那就把这疑问留给
自己。我们再也没有别的承继之物。
我们能说话,仅此。可又有谁
敢问万物,语属何缘?
语言啊,我携着你走,还有时间
拾针采花。走着,就有话语,
就有生命,色彩和月海的飞沫。

小事吉

飘来一片叶,在案头,
想是从秋天槲树的杀红落出的。
掌心的纹路里,
九颗钝齿咬住一根马鬃,
有应无应,乐见鬼车。
当你越过雷雨笑对高高的腐朽,
那叶脉响彻山谷。只有
这尘俗的一刻被人记取,可以了。
刮了一夜风,败枝满地。

外婆的驱魔术

门上,一盏葫芦灯
照亮时间以内,以外;
石灰,已撒在房屋四周。
竹枝嘭嘭打出几个头脸来,
蜥易血滴入黄米酒。

你喝了。顺着你的血管
那蜥易拖着透明的鳞甲爬回山中。
你想它慢吞吞的样子,
会不会死在路上。

外婆说
鬼的世界比人的大。你急于
看见那东西,它的模样
也许就是一只死蜥易的灵魂。

一夜之死,
四月之棺透明。
所有的问题都在来去中,

理解，月相已朝西。

蜥易驮着你的病走了。
哪里又有终结？
不懂家山，就不懂天命。那次死亡
不是比今生更让人感动？

病榻死亡的面孔
一个少年时代的永别

不再需要什么了,
吗啡,三弦琴,骨头里的信仰。

窗外还是那条河,你的疼痛
流到河口就不流了。
水倒流处,淌回之物
很多,面孔柴捆罐头盒波浪
在人世之上高高挤撞;一望无际的
沙埕和木桩托起耀眼的盐。

你让流水载着你
——从春天
流过雷声沉闷的九月,雨季
就要来浸透
腐朽斑驳的龙血树。

你已经
用一根弦

弹出一个天空,尔后
又用一把细木耙从阳光收获盐粒。
不需要什么了。

你从白布单挣扎而起,
跃上轻如云霞的遗骸,驰骋而去。

父亲,有时飞跑的死亡也懂得停下来
站在人这边。

半截人

你对黑暗说,年月一半
对一半,你把心押在这边。
输的时候,鼻孔朝天,就等
花轿天上过,死鬼做新郎。

"娘子,替我收拾
这不死的心,让我的骨头去闯荡。"

你没全输。三角场演过
半截人的鬼戏,那扮鬼的指着你,
兔崽子快走啊,苦楝开花疯女人就来了。
说完他驮你走了大半年。

街市模糊,街市已改道;
你记起了,又忘却了,那条路。

鬼驮人。在地上,在第一
和第三个阶梯,在两种生命之间。

两种生命都在这里,甚至
死后,鬼也不能把你驮到地狱。

你卧病的日子那花又开得很盛,
童年时那高大的鬼还在台子上唱戏,
唱半截人。人呀半截人呀你不能
跑出这双重的根源躲到别处去。

大地

狗骨木亮了。
阿小别跑,
死亡会从门里奔出,
踩烂地瓜叶。

那遥远的……

那遥远的集体沈浴，
性和美。在妙林山水库工地
我们坐在插旗的筏上。夜里
坐在上面如同相拥向死而去的人。
你说："你进来时常常颤抖。"
那时肢体的迷乱可能是一种仪式，
岸上踏歌者有人在吹箫。

一支古曲。回望，
抵抗着，不太清楚。可能是
道教或山中人兽相应。
想起去年夏天
我们又去那座水库。
你躺在水面讲摩耶的故事，
我还是那样，削铅笔，在本子上画
小山一样高的乳房。后来

我一个人在城里乱走，
总是进洋灰路那家冷饮店坐着沉思，

水库里红木瓜般透亮的身体,
略尖的瓜子脸。我需要少许黑暗,
因为下面张大着浮起圆形的生命之筏

　　你说上去吧,上去吧
我想起摩耶和久远的事情。

枫木鞘花

1

你节节膨大
脚掌有声——
及弟,哪一天
你从赤草的山道下来,
像个跳脚人,三步两步就到沙岸。
太久,太久的
沉默之后,一句话
还没说出就已破碎。你
几乎是一头闯入,而时间
高高矗立着。

小镇,雨点噼啪作响,
初冬的雾霾还拖着夏季的湿热病
向海面撒去。你沐着风
站在一片白光描出的风景里,
记忆已经脱臼了
我们仍冀望它铺出一条重合的路。

我们,——你我,以及
来来去去的人。

2

时间,在前
在后。你四顾茫茫
然后就迈开了脚步。
从石面一样锲入天空的街角
拐入那条白色的石灰走道。
还和从前一样,夕阳
从海面射来,肮脏的露天茶座
那些在穷日子中消闲的人
农民,季节工,挑夫
站起来,回家的时光,吹散了一堆骷髅
在路上。你指着说
是这条路,我又能描述什么?
重合,而岸消失了;
重合,一切都在融化,吹蚀;时代
高耸着,吹蚀的生命,
夷平,而后高耸,更高的重迭猥闶的时代,
单调而乏味,但高耸。
你努力从时光中敲出的东西
每次,都在墙上撞得粉碎。

3

也许我们都错了。你还是
比我自如。你的沉默里还有
真实的时间,不管人们
怎样固执于纠正错误的想法。

及弟,你更孤独了。
时光,一如脸上千盏风灯,一如冲刷和吹蚀的生命。我
没有的,你有。一口锅在沙地里歌唱,灶也歌唱。你的
沉默里有真实的东西。

什么也没少。就算
空手而来,也会带上一只
草篮,不止提着岁月,也提着你,
你一把骨头绿如葱!别的,
我们都说不清了。不死之物
掖在身边,一如时间之无以节制,
说不清,就能再来。
拾起半截砖头也能听见鬼叫,
还有那老一套,推倒了,
一种不轻但更古老的时间,
甚至台阶下面簸箕与石臼的拌嘴……
你提着,不管今天,人们

出于恐惧,或为了富足,
怎样固执于纠正错误的想法。

4

山中骷髅,你有一把
时光油纸伞,轻盈的伞骨上
撑着一个遥永的"昨日"
而钟摆并没有高高晃入时代。
你剥出日子,把它放到
飞旋的伞骨上,让它透明地
转出那不易看见的东西。
嗖,巧手匠,猜得出
你平日就坐在竹子上暗自比划
山势和路径,而那把刀
削着词语,如鹧鸪在黑夜里
覆叶而飞。我记得它镶银的刀把,
蚀了,又握在手中
教我击劈,将死亡从根部
劈成一根骨,种在木叶靡乱的红土地。
剑麻死了,剑麻生了,
　　老人都不再悲伤。
谁也没有教导我们,一根骨质木
在空气里转了一圈,变黑的部分
依然长出溅血的花柱。

那粗大红红的柱头,
让你想起年轻时的蠢事。

5

时代高耸,词语
也不同了。你有一把
好用的油纸伞。管他呢!
那些装作没看见的心灵季节工,
两面人,马齿人或飞快的蒲公英人
不是已经站到公众席上
用更现代,系着小点心盒丝带的语言
和诗句,——称之为"情怀",
讴歌世界进步了吗?而在变暗的,
迅速踏过,推倒,埋葬,
下陷的石灰渣路基,那里——
越过火石榴和美子姑姑的丝瓜棚,沿沙丘而去
漫山遍野,那时间中永恒的
一种始终更高的语言,
久而不废。那里有一条小路
依然通向前方,而那风
年年吹过,仿佛找寻并掀开什么。
也许,那是你的时代之路,
踏着天命,还能走;还能走
但不要强求词语说尽一切。

这季节,你尽可以放下那些东西,
踏着天命,与灵魂同行。

6

出生,并不能肯定
生命已获得。一根骨头跳起,你按住它,
母亲没有按住它,而是扶住,让你站起。
母亲,大地

7

如果有另一种生活,
无需人性寄身的光明,
那就转入这耐心的荒凉吧。
这里有一条路,它的石级
是用古老的字石铺成的,惟有时间中的脚步
能将它磨亮。

  向家园而死的人
  心扉早已化作山门

你用木髓喂养心事,直到
它长出一串在时间中红透的浆果
挂在光亮的木疤上,像是指引,又像是——

漫长秋冬的祭事灯笼,逝去之物
于是长存。家,最后的庇护

1998 年冬初稿 / 2014 年春改定

时间和两个人

对面，是什么？是沙堆和缺口，
是桌子的长度和一个女人用肘臂托起
沉寂，像母亲托起孩子的头
放进时间对面的海。

记得她，也就记得沙地，石灰窑，
从大木桶拖出树皮浸染的船，
载着一只捕获的红鹿。不要回头，你会
使我成为命运这个词并为之静静地拥有。

真的。一张瘦削的脸，闪过木桩，
在玻璃窗上显出海的流逝，我没有
听见那些伤害从铺满针叶的海上走来。
是啊，那女人把你带到雨落下的地方

也就结束了。结束了，她说。
你们在这双重的故事里离开家，
船坏了，石灰窑也废弃了，
父亲死了，没有人再出海去采石灰石。

后来,关于那件事(我们在林中
的事)你说最好把它放回黎人古老的传说,
以后我们还可以回到它的木麻黄林,
重新讲述一只红鹿的故事。

对面是小村,生活着的人;经过沙丘
的缺口。她来。她坐下,开始讲述,
我们都在平常的日子里讲述,像陌生人
谈论家乡、石灰、红鹿、父亲的死

以及那失语的时代最美的记忆。
它消除了我的时间,而我总在追问对面,
是否来临如同逝去?对面,是一个女人
在沉默中为我托起生活高贵的头。

1998 年 6 月

梦〔1973年〕

1

我做过一个梦,
逝去了,至今眼里带着它。

我梦见一个白悬谷,
茅草深暗,里面藏着光,
像稻米。光升上来,又像你内衣,
丝绸那样藏藏隐隐
在山野上,刹那就不见了。

2

我知道,
我们同来,也将同往
向着更深的年月。许多事淡忘了,
想起她,我就想起那座
白悬谷,风中摇着高高的紫红色花菁葵,
那是,哦,我曾经的青山。

曾经的青山
光秃秃
长着木薯叶。我们
把心留在黑暗,让骨头
去承受一种教育。当暮色落向山脚,
四月的农场,野猪乱跑。

3

我放下草帽
禾锄,你给我打水洗衣。
井台上,月笑水桶太小,你说
水井深暗。不,我们同来,也将同往。
当我路断回头——
那梦就抱着我,从血里抱起,
太深,太暗,如重新翻开的血肉。

4

你该记得,我曾深耕
为的是埋葬我。当初我们说,
落进泥土,要么腐烂,要么发芽,冒出头来。

死亡也像稻花,

白中带紫,我们曾经采撷,以——
无畏的青春和对苦难的无知。

石灰走道

潜入预感的那些力量,
来自家神和土地的一个古老意念。
那声音,是否比命运更沉重?

你要回去,回到一座岛,
伊人领你走进盐田,
走到你曾爬过的木风车底下。

母亲倚门。风从沙丘吹来
吹来你戴上草帽就走了,跟着旧人;
山根纸钱飘灰时,你站在

斑蚀的墓前。某个冬日,
灰濛濛的,你扯着他的大衣角,
小跑着经过那条唯一的石灰走道。

镇子。海的声音就在不远处,
你已经成年。那种在飞沫上破碎的东西
还能听见。说话吧,父亲,

我在你的声音里躲藏,就像小时候
我躲在你的大衣底下……

      1992 年 9 月 24 日

他又回到魔花之乡

他又回到魔花之乡。整个春夏
他将倒楣。恋爱的女人要把小鬼撵跑。
去去!别站在苦楝树下,
当心花掉你身上你就疯了。

小寡妇能风雨。女人呼风
胸脯最挺;呼雨,就见花打人,
花打人左襟右襟都是心,
轻的重的,打得少年青烟满头白。

白,一串纠葛明明朗朗。
你想,那就是一个人的自己,
披着时间的蓑衣。我们的女人
花容长新,她们自有心中的沙壶。

岸是模糊的,街道已改变,
他在这虚幻的镇子寻找他自己,
找不到那条苦楝苦瑟瑟的
七女巷,那里一定年年花开花落——

抽水烟的娘儿们,高坐木凳
心飘飘。想起弱冠之年,心比天高,
恁是扎不起尺头捻儿!对着
绽开的红石榴,他的语言还没成熟。

1994 年夏

两姐妹

——给 G,早年女友

蓝是我早年的花
在井里诞生。两朵

    吃刺果的小花
    笑着,嘴唇刺出了血

井是黑的。井底
有母亲的骨和亚麻天空

    从雨天拖出父亲的木船
    我们去玳瑁的灯塔

大的说不要白天
小的说不要黑夜

    两个合谋的潮汐
    我浮于上。她们说快划呀

回声传来

死水失去的时间刻度

> 1988年,三亚

日昃之离

1

豆棚井化了。伊把木盆搁在矮墙,钗头一落落山千千声音来。发髻散开了,一头乌发披下来长长飘在背后。那发丝荡呀,在炎热寂静的天空下,萧萧的回风山也跟着飘起来了,发出隆隆的回声。

2

当我第一次懂得看世界,女人的头发是我见到的最美的东西。不是生活的狭窄,不是。你几乎不用去寻找理由,一次闪烁就是无尽的闪烁,已经让生命进入最宽广的形式。那一甩是多么的有力,你看,一切都荡在透明中。看见了,未决还乱。有时,我伸手想抓住它,又唯恐一碰就逸去。这招,这乱。

3

不会的。我们的女人的头发是最健康之物,与梳子一样结实；即使落下，弃在地上，剪断，在死亡中也光泽照人。伊倒水时，让我过来替她把着头发，把在手里沉甸甸的。捧着。只有风吹过，我才颤栗地醒过来，但在那风吹起的头发中，我看得更远。

4

飘着，缠着。是什么如此的长久和牵缠，让我在那一丝丝迷离的光泽中涌出泪花？

5

那头秀发，一根根荡开，那秀发，我是要缠进去了，跟着走了。我看见时光与人，越过水塘，走向田野。姊妹，母亲。在水田和牛角的光亮里。

6

那是什么时候？母亲靠在竹椅上吃槟榔，孩子们围站她背后。风忽地吹来，做了一绺头发的姊妹，偷了唇上的槟榔红。那红是一种喜气，母亲的喜气。她支我去买腌菜和鱼。我不想错过伊洗头。

木盆起烟了，往事孅人。伊把捣碎的油枯细心包在一方花绸，用丝绳扎了放进盆里。那丝绳如游丝动动，像知道了人的心事，也在这小小日子里穿梭。她揉搓头发，一年年，在太阳下。她的名字叫木豆。

7

我已经不知道该怎么写逝去的事情。记得木豆晒水洗头，水中有天，天上有人。水是年月的水，手是年月的手；捧着的，与水是并流。没有什么比一双年月中的女人手更好的了；也没有什么比一个女人洗头的姿势更平静的了。当她仰起头来，向后一甩，十指在颈后灵巧地移动着，时而将发丝揉成山水，时而从天地分开头路。拧干，盘起，又放下。

8

你还能说什么是生存？你让心去容纳更多，而凝结落定的依旧是那很少的一点。世界已放下。她故意从你跟前过，好让你知道，女人有一头闪亮的头发就能走过岁月。我说木豆，你是年月，你等着我。

9

她抓起那只幸福的小瓶，飞快跑进沙丘那边的树林子，躺在柔软的针叶床上。蓖麻油！蓖麻油！我从母亲梳妆台偷来的一小瓶！她递给我，命我打开。记得老人说:"小孩子别碰这东西!你会生病,变成花痴。"我说木豆,别滴在头上!你会死的,一滴就能开出一树花。她闭上眼睛,软绵绵的像睡着了。

10

我们的女人年年晒水洗头,那么认真。桫椤树下的水和豆蔻。一次次,我把蓖麻油倒在手心,搓到那成熟的肉体上,直到她的乳头在最后的夕阳里发出迷离的红光。母亲总是站在木屋外,远远望过来。

11

蓖麻叶红了。红得宁静,又红得细碎,摇摇落落殚染着贫瘠的山野。日照,强光和那热气浮动的近乎恢宏的橙黄色天空,沉重的缓缓的浮云,让人想到无言无悔的时日,日子中的日子,时间中的时间。家山既重又轻,惟有在宁静中延续。此时我又有什么能告诉一个人?从墙头望去,墓草,青山起伏,最后的青山,他在那里站了一会儿就不见了。

12

水岸边,红树依然葳挺,根一半在水里,一半裸向天空。人我之间,一足的距离。母亲依了风水师,

移床坐死向生,摘白窗帘,换火色。帐子里人影摆摆手,示意不要了。他已在路上,一朵灰色的云

13

没有什么可回望了么?

山野有一条路通向那边。

这里,我们依然忙碌。风吹动家门,药罐子跳进跳出。那来临的光,焚如,死如,弃如。生活继续。

14

古书说,止而麗乎明。向死而去,为何抓住这虚幻的最高原则,像攀住一棵树,在过去的和未来的之间?圣人皆说静以入明。你看他,望山野之垂垂落日而去,有什么比这个时刻更宁静?

15

太阳砸在墙上,砖影突起。"附丽"啊,这笛子之音清亮地吹入死亡。止,止于何处?

你思入这宁静的光,像跨进另一道门。仿佛都布置好了。这思想,这古老的光,难道是一只瓮里的脑壳,思碎了,连人世的一张瓮听皮也没惊动?

16

人啊,我看见你回过头来犹豫片刻,然后转身渐远渐去,在迷离的无所附丽的夕阳下。家门的影子深了。当你看见黄昏,我们都得把一些东西藏进那弥满声音的土瓮。吹入死亡的笛音,转眼又落在箫上。墙头,还是那只青烟木盆。一个女人晒水洗头:我的母亲。她已年老,我不能不为她捧起那把头发,只要山风年年吹过,那秀发还年年飘起,头路依然清晰。家山既重又轻,惟有在你的凝视中,有一荫豆棚。

1994年初稿/1995年二稿/2003年春三稿

去玳瑁岛

那年夏天,说去玳瑁岛,
我们从沙丘跑下来,拖着
那条早已朽烂的天使船,碎木横飞,
像树上落下鸟巢。起风了,
你在夕阳里,我在浪花里。

我不知道,天地
作合真有前世和未来?
指派给人的,想必有其道理,
譬如落水死去,或者远行他乡。

记得,站在沙丘顶上,
我们望见——
那岛驮着青山,波涛滚滚。
那是很久以前的事了,
仿佛今生再无来世。

词语太轻,姐姐,
还用浮木,为我奏飓风歌。

击弦风来,如坐舟中。
那是甚么韵律,你为我
解衣作帆。你手巧,
长锁短锁,勾剔吟猱,
一夜舟,七年路。你说那曲调无文字,
何又熟若一支旧谱?
姐姐,玳瑁岛从未存在。

天 命

四月

火跳眼也跳（见佛花的人
必见白色风铃）谁在说话，谁？
让月亮姑姑在枯枝败叶的回声里等待。
四月，没别的热情，你给我手。

度过生死劫，我
踏着风掘的沙器一路喧响。
你忘不了，鼓楼街，拐进深巷的冬天，

那么多人围着小屋的炉火，
他们默默喝酒，为琐事干杯。
这天一个瘦小的女人与你同行，

在地安门，石头那么静，人活过
四月，骨也清亮。当你听见梅花三弄，
可能还有一场雪，最后的，
顺从地飘下来，在手指之间。

1989年初春，北京

簪花人

插花的头,我这样称呼她,
坐在桌前,长发飘拂,头上缠着藤。
想起小时候看花,乡村的或母亲
扎出来的,一座乂山果园。
现在放你头上,你用我买来的
两根银针搭起一座花梯。光从
左侧窗帘透进来,我站在门厅暗处,
站在暗处总有很多灰暗的东西。
灰暗的词,书架,阴影和鸡毛掸子。
我从后面偷看,不敢用手去碰
怕掉下来,花熄灭或什么的。迷信的
婶婶说手会脱落,人头掉地,削好的铅笔和
保留至今的中学生笔记本
会像花痴朽烂。不,是我那时说要
写作,贪恋缀在黑暗里的花。
我看见,你坐在那里,
簪花人,年龄成熟又喜又忧的女人。

你在早晨的雾里,在路上

我们说好一起出门
中午吃小豆冰棍,乘地铁去苹果园
参加一个朋友的葬礼(他不久前
死了)你在四月,在七月,在十二月
像丝绸人,坐在胡同的
镜子里,在丝的梦里。你非要梳妆,
还戴上不是很合常理的红玫瑰。为了那个葬礼
(你说那是他的血。他死的时候我站
在窗前,拿着书)可是
这儿还有生活,原谅我,我们很少使用
这个词,它属于遥远的公民。

  当我站在门厅,不管
什么时候,你是不是在那里
梳头,我都闻到果园的花香和被葬的
东西;光从左侧窗子投进来
你长发飘拂,头上插着两根我用沙纸擦亮的
银针。一朵栀子花,让夜大白,
一串茶藨子在我周围挂满红黄绿的小灯笼
要么一束蓝蓝的雨久花,
从夏季的胡同飘过,湿漉漉的
你推着那辆雨中自行车;
或者一串伤心凤仙花,呵,白、黄或
粉红,难以描述,像那
弱冠之年前来疗救一个人,敷着薄薄一层

诗。或者一朵山茶,跳动着大红的火焰在夜里,当你躺在床上;或者一朵

感伤的广州

1

回到初次的河流。你的双脚
灰色的,像我血液中的马来人
在卖粥船上跳起野鬼舞蹈。
啊灶神跑了!此刻的我,看见
一个用水勺舀水的青春
被狂暴年代刈倒。悲伤
躺在那穿木鞋的尸体旁边。
二十年后天性不改,
长堤的灯里,你的瘦鬼,不安分的
异乡人,怀想什么?
呵,他跑遍全城找一双红漆木屐。
多像那时,为了你,跑来踢踏的木头。
快到这儿来,撩起你的长裙,
为了一双花屐你哭过鼻子,
跳吧,我放在你细瘦的少女时代下面。
听见笃笃声,我就知道
你在空气里以不死的双脚跳舞。

2

腥味里升起的火焰在唠叨,
念天地,念死者,哪一种更符合
泰初之言?哦,时间在逼问!
也许你已化作一条月光鱼,
而我知道,海的性格是自由而迷人的。
海已追上来,海流,浪花,你
手执葵扇走过高街的店铺
在水缸和大花瓶之间,海流,浪花,
我看见虚幻的前辈,那老人
拿着册簿,追来翻开你的半生。
他,舌头蹦出一句东井弁星,
筴籨抓了三回,说:人不死,
往事亦不灭。是的,肯定有别的东西
譬如孩童初次的眼睛
太阳是绿的,榕树在秋天里长大。
卜师又投出骰子:有孚盈缶。
啊,苦尽甘来,这圣杯是你的。

3

如今我们安坐如髑髅
在玻璃幕墙后面共进晚餐,

痛恨灵魂转世的学问。
不再有美人着屐满街登登,
她整夜在数铁桥上的车马星象。
有两颗没有落,一颗叫做
月亮女娲,一颗叫做天狗屈原。
更远的呢?撒出手的
黑骰子,都说长大了豁出去。
大有之城啊,还是收集
这份不孝的血吧——
有毒的一滴将使一个灵魂站起,
像古代仕女在你心脏饮酒舞剑。
倒下,就不再有未来,
家园和木瓜,血光熠熠。
至今,向前的路
依然从黑暗的地方开始,
我背向人世,才能看见
一双木鞋向我跑来:小少年,
别忘了回家路上的新娘。

4

忍土之魂,是否习惯了
在火中打小阳伞,当夜的蹼爪
丢开它,丢开一切,
它快活地拉掉血肉模糊的皮

迅速痊愈？诞生了，重新塑造了，
残损部分安装了白金属犬牙，
施者和被施者都同样有福。
血不妨碍生存，就像生存不拒绝
夜蝴蝶和甲壳虫的现代主义。
从茶楼的窗口飞身而出，
人群，强壮的一群，手粗大，
心像心形物，半黑的面具。
既然灵魂已经出窍，
皮囊，这可朽也能行于街市。

5

季节富有。季节堆在橱窗，
我们说到热带，雨季，人的急迫。
好像生存铭刻了可怕的事件，
人们宁愿卸下老面孔，换新的；
旧的不知放进哪一只匣子，
只好提着，像一枚擦亮的铜钱。
他们将卸去残骸人形而出现，
新的，分裂的，第三只手拎着，
那以往的面孔，已被时间敲掉一半。
他们深信没有往日的人类了，
连绵而去的黑暗骑楼跑着两个青年，

他们为往事所纠缠，
大概偏爱一种没人理会的冒险。

6

啊，她伸出手（夕阳在
她脸上描绘出我已故的姨妈）
她要惩罚没有经验的男孩。
可是一个树神模样的人过来了，
三人在她的手和魔杖间，
左脸半城青草，右脸半城废墟。
她要为我们断是非，我们
因一些淡漠了的事发生争执
关于往事、恋爱和过日子之类。
我要夺下她的魔杖，她叫出声来。
天呀，多像我的姨妈！
那时，为了一种不洁的爱情
我吻了她操起木棍的手，
然后爬到高高的猴子树上。

1988年广州 / 1994年改讫

假如

假如诗歌在恐怖之上飞翔,
你可以走下内心的阶梯。更深的
焦虑,蛾子也亮起来了,更暗的文字
的游魂。哦,来谈谈古老的养生学。

这年月,除了这盏灯,
除了重新被它照亮的事物,
人们怎样区分言说和沉默的界限,
时钟之摆是否在十二点消失?

她情愿这样:把时间
归结为一年或六个诙谐的冬天,
许多可爱的面容成为昆虫故事后,
可以在餐桌上清议天下事。

死神说时间是无害的。它可以
裹着羽绒钻进你胸前大衣的气息,
你们混在新时代的人物中那次寒冷的
邂逅,当午夜最后一班电车开走。

冬天很冷。你想着别的事情
总是别的事情一部忘了片名的电影,
有个画面邀请了你。记得有过类似的事,
她在无人的长椅上给你留出空位,

你坐在那里(你想那个时代是
陌生的)马利·里维叶扮演海边的女人,
好像偶然来到但她演得实在太好,
你们看见太阳在波涛里挣扎,

沉落时没有留下使人得救的绿光。
走出电影院她在风中啜泣,
冬天很冷你搂着她走了很远很远在一个
旧时代的故事里在三里屯那条街上。

黑暗中你看不清她的脸,
仿佛在那黑暗画面里我们未曾远去。

1988 年,北京

旧图片、庞德和煤炉

访客走了。婆罗门式的静观,
在石头里论道,在客厅发脾气,
就是这人教我铜蚀术、篆和书写的技艺,
昨夜他的黑大氅也许派了别的用场。

月光石板路上的他,在老年中独行。
院子荒凉了,死去的爬山虎窜入室内,
茶炊离开煤炉。二月生的人
总是害怕睡眠的头颅飞出纸糊的窗缝。

他跨进跨出,在门上画符,
在持关刀的门神左眼画一个止字,
说:"晨光照亮鸦嘴,冬至伐木。"
两百年后,请用楚声读我的名字。

门外飘雪,他的影子大于夜色。
我想,我的前世一定隐居山中,
这生性寡言的人从一帧旧图片出来,
拿了他的手杖和大氅,狠狠敲着

大地:"该你了,木头已经锯开,
请你重新刻字。请你把最简单的宗教
还给抄书人。"二月里
我总是梦见渔父和卜师手上的大龟。

    1987年冬/北京东总部胡同

岁月三籤
艸狗、马和蝴蝶

一籤

斯人言：灵魂若骏
奔驰无形。我们给自己
造新的躯壳，插上
芦笛和呼吸器，从虚空飞向
虚空。词语血浆，你把它输给电子狗
让它跳起来，半斤八两。

正月初五，龙多
不下雨，草狗加入合唱团，
土俑的盛世之会
吟哦入云霄。
　　你我一知半解
坐在风雨飘摇的乌桕树下，
有根青枝弯下来，碰掉了我的帽子
像是为我辞别而赋的小令。

二籤

看着岁月把人领去,
罢了,那东西却飞回来
揪住我们,一边扑打,一边
啄开死亡:啄你啄你,白云苍狗
不明不白落了一地。

如此一个大世
挤进挤出,望去——
风骑瘦马,看着是领完自己那份儿了
我留有两颗青果,
包在红叶里,不成敬意。

三籤

盘缠
未筹好,
白驹已过隙。
箭囊落了,袋子破了,骨头散出。
解弢堕袭,不必伤怀。

也就这一天吧,在河边
开怀畅饮,不知命在何处,

高谈之间,口中飞出一只阴阳蝶,
两翼扑扑翕翕,遥然
物我两不得。黑的那面翻过来,
你打簸打出那白骨就是我。
算得真准啊!啤酒,闹市,河水静静流过
这感人的彼岸之一日。

多么希望稿纸飞扬,
乌呼!日子清晰远在日子以外,
那躁动一生的飘游无据者,
将从哪一个世界,朝我们吹息?

趺坐

豆荚
突然裂开,
我听见心怦的 声,
灵魂
飞出沙海。

还有一种语言,
在青林与黑塞之间。

世界变轻了,透明的骨从羽化中
落出,回到一和万物。

六块窗玻璃

季节啊,死亡,
蓝木镶边的人,坐在深处。
月季在季节以外燃烧,你为自己
准备了最好的床,槐花落下的,
落得好似一蒴枝头词。

当然,他会来。
这来人,须眉稠稠
穿过城市的火光。你多想
敲开这无边无际的死,
让他轻轻推门进来——
左边最高那一块,空了,时间的缺失!
下面,中间那一块,阳光
衬出细碎的花衣:鸢尾眷恋
杨树,小女巫
守着草地,消磨此刻

或最后的生活——
妆盒,梳子,白窗蓝木。

右边那一块,梳辫子的女人
出现在黑色镜子里。那裸露的
显露于黑,是死不敢靠近的,或者
因为生活,你不顾忌,
仅仅为了要把头搁在上面,仿佛有
始终有古老的庇护,母土的庇护,等待
白色落下,手合上你的眼睛。
这白中显露的凹凸
深邃宁静,不需要世界 ——
这一块,它已凹入内心。
你们是蓝木镶边的人,坐在
火的深处,昼夜,死亡之床。
窗飘着。夜里你读书,六月火山灰
到处飞着。长脚蚊,长脚蚊,越过空气的
小羽翅,也与你在这黑夜快速划动
——敞开的

   幻觉里,云飘过;
什么东西扯下来了,黑下来
低低的,与视线平行。六块
绷紧的眼球像人倒下一块接一块
碎落。一个雨天,而后一个雨季,她们进城……

这哭泣的雨落向
  围了铁蒺藜的

黑暗工地；那里，你的小路
你的三人车站，也消失了。
日子，你的彩画，碎片中的碎片，
你让它们变轻，看得见。
这块，灯亮着；旁边你合上书；
中间的，她们坐在桦树林里；远处，
六公坟那边
也黑了，勇武的死神在大路上行进。

六块窗玻璃
怎样变换，都是寂静的。
槐花飘进来，飘进来；蓝木镶边的人，
夏季最后的日子；不，第五块，一缕暗光在窗上
漫开。哦，想想生活中那些平常时刻吧
她们梳妆，在镜前
流露多么自信的神采，出门或
到来时的那种；随你想，不要带血，或者刺伤了手
因为心急，因为伤感或其他

1989年6月，西八间房／
2003年第二稿。

亚伯拉罕的汉歌手
海子三周年祭

事情肯定要发生
整整一个季节,你摧毁,你重建
一具尸体:陶瓮上刻写着人和太阳的伤口

亚伯拉罕的汉歌手,你瞧
麦地已经摇曳出父亲广大的面容
你将死,为了一个不明的命运

这个故事在后来的一天成为真实
你走过的城有火光、革命和砍倒的肉体
那时麦地正摇曳着父亲广大的面容
你已经被验明身份。一车烛光,一个时代
的碎片和你一起葬入死亡记录

  亚伯拉罕的汉歌手
你用老家的土打造古老的灵魂
啊,魂!如果确有灵魂成形

是否就是——那个追赶太阳的神人
留下的骨头桃子?

    历事是一部书
历事的恐惧深入泥土,它的根
爬满艺术品。整整一个季节你敲打
一具尸体:汉歌,那遥远的

        1992年3月,巴黎

槐花之年

给 H. Y.

女人啊，我们望见外面那红月亮，
匍伏于山岗像苍老的袄教徒的记忆，
守夜者又在下面摇起火把了。

人鬼张望着走进窄门之夜，
你来了像个疯女人砸了房子的木板，
又见槐花，静得像是一场花葬。

安睡。——湖泊之光
我梦见巫女夜夜歌唱。有一次
去旅行，听见那夜歌引诱我

爬了七层楼。像亡命者寻找
一个湖泊，那可追寻的和不可追寻的，
索性远走天涯，毁掉手稿。

你的方言里有蒲草，船和山城，

细 色

夜是可渡的,夜使人湮没。至少
我们可以像故事里的人把船推到对岸。

太荒唐了。你的嘴角挂着狡黠,
总是把我捆在你的湖面用你的方言
说话。要知道,这城市已宣布戒严,

我们将度过这个夏天,
这个像湖岛飘满槐花的夏天,
然后干涸。然后你乘火车去南方。

1990年2月28日

木樨地的雨

没有人来到这个日子
耐心地,等待,某件事情发生。
生活,戏剧化了——
拥挤的生命,一切的一切,
陌生感,构筑了另一种存在?
不,一件私事;或者
一种试探。我该坐下来。

我知道,她就在后面,
深灰色的树皮歌剧院(今天我知道
后面,是一种失败和慌乱,
还有那些穿名贵皮毛的漂亮鼹鼠
从生活中跑过,忙于
　　　新的事务和工作)

我有约会
不太沉重的约会。

没有去想,仿佛从视觉中

细 色

　　某一天，灰濛濛的，从太阳的反面
　　到来，带着玛琳娜抒情的血，
　　可能动摇躲雨的人。石板人行道，
　　桦树小舞台（没有布景，生活
　　也许不同了，但我们有约，二十五岁的
　　约会，在路石里，在燃烧的沥青里，
　　完好的，破碎的，永远的
　　二十五岁）木樨地的雨，明亮的
　　落着；我们还能看见

　　　　旧雪，你踩过的，
　　　　　　　　蓝蓝的，黑的

　　铺在地上。多好。
　　她在树后匆匆化妆，戴上
　　北京女孩喜欢的蓝色贝雷帽，
　　可能还抹上一点儿口红，然后
　　和从前一样，她跑出来
　　笑着。嘿嘿，眼泪和诗歌，
　　你说，叫一个孤独的人怎么办？

　　　　　　　　1990 年 6 月

私生活

这是过道。这是她。这是门。
她踮起脚尖让我吻她冰凉的鼻尖
而后逃走。雨的线条开始落下,
六月的护城河像一具闪亮的尸体,
夏天就这样结束。

回南方吧。我说着踏上
写作的旅途。一列火车穿越北方,
中国,你恍惚的神情似这土地透着光,
我记住这诱人的忠诚。一个女人
的眼神,能让我为往事活着。

这秘密伴我远行。仿佛此刻
你披着雨衣朝我灰濛濛的字迹走来,
火光还照亮你背后的苹果树。
消失了,退去的时间和田野,
车窗闪烁,月亮一路颠跳。

就算生活中的一次旅行吧。

车厢,吸烟者,藤蔓似的天空,
远处模糊的人群和孤独的旁白。
"不要呆在黑暗里,"她说。打开灯
让它的光成为你自己的一个事件。

呵隐秘的光,我不只拥有你,
时间之外人的自由不会太沉重。
打开你的潘朵拉小盒吧,说进来,
那小小的激流能把我卷走。旅途中
时间是把我葬入沉思的六月的海。

1991年6月

十条八条
或一个街区的残余和梦

秋天的旗树,一串冰糖葫芦
的吆喝,来自豁口的混浊元音,
你偏爱夕阳穿牖,直到毛边纸泛黄的火
煽动起另一个更大的北方。
被一具身影附着,犹古老灰色
之双重皮子。人子呵,你身上
哪一个击倒对手,抑或两败俱伤?
决斗吧,了结那苦难,那不确定的
病根。云雾书斋,两个
不明身世的兄弟,一个说,
去吧,你这含混的残余!另一个
装得漫不经心。可你明白——

门荒芜,路也荒芜,
女人带着那女人味的忧伤
走了很久了。这街道,早晨和黄昏,
有你在艳蓝,大红或灰色中的理想主义。
每天,你穿上人民服

出门；而你的影子，比你细瘦，
坐在椅上，目视你的背影
——"这古怪的人，随他去吧。"
他在街头看人下一盘棋，
那红黑棋局如门扇的双重对峙，
一扇打开，祭出死亡。
另一扇打开，他恍惚走在
往昔的路上。从水月寺，清人匾
从民国墙，从菜市场和街道委员会
从洗白的蓝工装，从葵花
朵朵的永恒口号
从一个心灵失语的早晨
从一场雪的美和残酷，走向
简单得多，——同样不可消除
同样固执但欣悦地下雪的女性北方。

打开这扇门，你天性中
的另一半，有时也望着世界，
在安乐椅的沉思中
为一个旧人追记旧事。外面
她的鞋跟来来去去敲着院子的
青条石，直到××年。
最后，你埋头读一个幻世作家的书，
随意跳过一些片断。人浮想联翩
而不断返回。你无须另寻写作的意义，

他的第二天性告诉你,跳过
这死亡的句号吧——
就像从前陪她去隆福寺走进一家店铺
然后从另一道空门遁出。下雪了,
她使劲跺脚,和扫雪人幸福地寒暄。

     1988年/1994年/2003年

什刹海

　　　灰门里的人,你头上
有棵飘落的槐树,你披着长发
在树下。你的女人走在
水中街市,她说走着就没过头顶了
　　　你们生活在倒影里
此刻你是树,一个站在门里的年轻父亲
你给孩子起名袭多,好听的名字
像风吹出十指,像箫吹出湖面
吹出吹出,忆秦娥之类。北曲小令
飘到水底,还是听见一种
　　　早年的东西。家事隐隐
女人徘徊在树眼和相似的院门之间
　　　担心那小木轮跑到湖里
你是灰门生活者,有时
也上小酒馆泡一天。老厨子有魔法
他用二锅头杀你骨子里的书生。

　　　　　　　1987年秋,北京

缶

> 坎六四：樽酒簋贰用缶。
> ——《周易》

我不再有六岁的酸枣树，
六岁的眼睛也不是一个孩童的身影。
高粱红了，或者他们在地头摆下坛子，
我的姑母总是冲着我笑。

  "别唱了！你学会了粗野的小曲，
   十里土岸，埋在哪都要冲走。"

没有人，没有梦，
什么也没有。在土红色的水下
我的姑母露着年轻的笑容。
她坐在大车上，靠着男人的背脊。坛子
满了的时候，她用粗大的嗓音说：

  "背过去，别看死人，
   你会梦见阎王爷撒了灰的眼珠。"

细　色

云要落了，落向
玄黄的土地。乡场上
那灰色爬行者托起坛子就往脸上浇，喊打了
喊打了！击下，迸出忧郁的花朵——

　　丰收、自由和死亡的渴。
　　我的姑母年轻。她总是笑，

她昂着面颊站在他们中间，
那始终扛着，日常到不容追问的
重负，像夜色那样降下来了
汹涌深暗的流水，有时
从她脸上流过竟一如岁月般宁静。

一如岁月她站着
而山墙上的夕阳泥着周围过于黑暗的脸，
男人的脸，蹲着，在地上吧嗒吧嗒抽烟。
我六岁了。骡马店里的人走进马腹，
老人走向黑夜。他们都朝向马灯，
他们和马一起在路上哼着小二奶的歌谣。

　　你说你没有梦见鬼，
　　可是姑母伤心了。

她把你藏在大车轱辘里，

藏着,那是为什么?车轮吱吱

我的姑母年轻,她在水里(水里

站着一群人)我的姑母和黄河是一群土红色的人。

死祭葬或永生,都是水的,要流去

留下孩子,太阳瓦罐孩子

我不再有六岁的眼睛我看见流水

  流去的我们那流去的

  是啊,大了,姑母该说不懂事了。

1997年12月,赠李萌。

诗人不敬王者

瓜叶瘦,大风吹骨头,
我的眼睛不会从骨头掉出眼眶。

瓜叶瘦,骨头响,
一只角兔过来三击我床。
我醒了:河水流得欢,
夜摩已领着我的形骸穿越法门。

给骨头装上琴弦吧,
既然权杖也用人舌说话。

我看见骨头在风中起舞,像一群
度亡鸦吹响骨笛,向南飞去。那不死的
韵脚,击过长天,脚比天长!
骨笛对月,夜的法则就崩溃了。

天干地支
季节、色彩与四兽,够了。

这间庙子无墙——
它的山石是有声的;我看见月光
我听见流水,沙门
来会诗人。诗人不敬王者。

语文

————给黄宗商老师

你脸上，
乡绅的平静。
你教我写字，要像米癫。
写一手好文章，一生
不被人欺。可你
错了。它救不了我，
也救不了你，
字也能杀人，或被杀。

一份履历表——
你的出身，家庭，成分；
填写，用笔墨，写在脸上。
写，你就认出
那古老的仪式：从脑壳
打出一块青印，皮肉绽开，一块
刺在额头的窒墨疤，
红旗下的
黥面人，你要为一个逝去的世代赎罪。

即使这样
你也写得认真,
你说字犹风骨,笔有妙道——
灵飞小楷,红格信笺,老式的,你喜欢,
还有大红印泥
和你摁上去流血的手印。
在教育局的牛皮纸信封里,
这些都在斗你。

你该记得,
班级里坐在最后,
那个寒碜,瘦弱,穿白衬衣的男孩,
一九七一年初中毕业班,
你的优秀学生之一,
赢得班级作文比赛第一名。
他,穿双黑皮鞋,第一次
用发蜡梳齐蓬乱的头,他抱起他的奖品——
一朵轻盈的蒲公英,硬皮日记本,
飞快降落在你面前。你已经
被停课批斗。
——奖品遇上妖怪,
你为他自豪,
可他不懂"语文"的苦难。词语
失去来源
走进意义不明的时代。

你被剃头
戴高帽游街。
我远远躲在后面
看你——
一个长了角的牛鬼。
他们向你罗列
罪证,一本四书和几样
老物件。火光飞灰,
红宝书,斧头,大刀和红缨枪一拥
而上。罪该万死,革命
为你
预备了新生,——
在泥土和牛粪里。

你,
地主的儿子,
无论举起左手右手
都是反革命。可你
一生只有
黑板,粉笔,课本
和一群兴高采烈的县城学生。
你的词语少了,
你的舌头不光彩,
你的"国文"被砍了头,

一部撕成两半的字典，也在桌上
叹息——
怎么教孩子们用？
你努力把自己变新，
我去看你，家具还是旧的，
一张乌木桌几把老藤椅，很结实。
你们对酌窗外雨，
书已被搜走，雨中自有
师生天，两只青花盅会吟古句。
黑，红，——你曾
苦恼，我们转向别的话题，
玳瑁划桨，角鱼飞上天。八月
已过去，九月还没有到来。红——
有什么比人血溷浊了更黑？
黑，晦冥之色；不，一件囚衣，
罩在你五类六类身上，
揪出一长串
用绳拉出来。故乡啊，
你人面子树上的小小人偶，
大风吹来，
恁多的黧黑人头鬼怪！

当你
被按倒跪在地上，
我看到所有墨水瓶子跳起来，

红的黑的，像扳机，
在一片"打倒"声中
你头颅着地，牙被打飞。
这一天，
你真的黑了，像革命的黑死病。

记得在河岸散步，
水中的红树，根裸向天空。我问木雁
何以各有其喜，你诵《落齿》诗作答。那天
你开怀大笑，仿佛平生第一次。

老师，
我曾批判你。当
时间之上狂暴的人群按下你的头，
这伟大斜面的另一边
我看见另一半，正在
消逝，在铅笔和小刀之间，
那月光小课桌，桌盖正在合上；
人前，一只手，
我的手，我用力把它抽回。
那是一个多么奇怪的日子，
我不知道你用什么
对付了死亡。如果在平时，
我们会切一个木瓜，或者读一首诗。
可这天，我的牛鬼老师，

学生没有作为,我用
抽回的手捂住心,哦,比心还重——
那本掖在怀里的书,旧了,
掉出来,将永远失去。那是
你为我批改过的作文,里面有你
三年的字迹。它后来
让我度过很多岁月。很多。

好死好活

我们乞灵于万物,
学古人问道于众妙之门,
为了好死,或者
赖活,一种不违内心的方式。
——告别往事,
我们何时挺直如此,
生在每一刻,死在每一刻——
不是讲给别人,而是
就教于自己,这真实而又虚幻的人民。

轮子,机遇
骨头筑就的道路。
生在每一刻,死在每一刻,甚至
那过于沉重的存在,
也变轻了,骨架岩上
一株干枯的毛蕊,而时代的
情怀,有一只胃那么大。
当一阵风像神明撼落了树上的柿子

红柿子,白柿子,
都说,好,好,是柿子。

你属于这
骨架山,灰岩人,
一些半灰的,进取的,没有记忆的
黑色毛蕊,人皮油毛毡。
几个稀疏雨点洒下来,
也洗亮了身后
五十年黑暗的坑坑洼洼。
伟大的胃,别着勋章,
从零到十二万公里,每秒
每秒挤向未来的通道。

你的心
跃起如海,
而你被退潮的人世收去。
每一回,没有一个言词道出
时间中的东西。
没有道出,而日子落入收成,
黑色毛蕊盘中夹起,
两个半音吹成一阕颂歌。
哦,扯远了,扯远了,
那把骨头,你年轻时的遗骸,曾经一腔
热血,在它沸腾的时候

就砍头了。恢复名誉，安葬它，你急于
告别往事，骨头满屋乱跑；
还在找，它们的一扇门。

死的尚未过去，
未来已被另一只手抚平。
到处，搭着手的屏风，
我该怎样称呼您——
一根骨牙签，
剔着往事里的往事；
死活也是活，每一刻，
每一刻，铁的道理，用它拭拭
嘴，就知道什么叫淬火。

骨架山，
你缩在它的颚骨里，
剔出的日子淡而无味，
你一再把它嚼甜。一朵浪花打来，
也想骑上它，得得，
得得，到永恒中找寻一种对应。

得得，得得，
从那陌生的一瞥
你认出熟悉的东西，
谁谁谁，或者你你你他他他，

黑色毛蕊,都在那里。跨过去就知道,
沉思的人海树已做成烟斗。

你找到了,
这边,那边——
我们过着同一种生活,
一炷香,不能说一切都好。

那么多
事物虚掩着。
跨不过去,
那就问问死无常吧。
那条小路的尽头
有永恒之物。

有一次,
我曾越过那扇门
到往事中游历。
不能说一切都好,可一切皆苦的
说法,并不能否定欢乐。

2009年5月

人肉发动机

当一只鸟腹突然亮起
这陷进大地的人皮,大地之歌,
在两种灰烬之间;
两者,都曾经朝着同一个方向
世界,——六个圆环有一个已经脱出。
古人说过,茫茫六道。

人肉
发动会是什么?
涡轮,原子裂变,反物质?
无论如何,
不是月亮和陨石,
来往,见面总有一点亲情。
所以我们总要回到同一个地点:你和我。
有些事记不清了。那人,
他说过,有些东西在我们这个世纪并不重要。
看来,那句话没人搞懂。

在街头漫步
边走边谈,他有点气恼。
你要是也看不清,我们就不谈了!
反正都一样,诗人,你是人……
你懂得血肉膨起。说着
走到西敏寺拐角他闪身进入黑暗。
我想拉住他,人已消失,
距他写下那句诡言整整八十年——

大地
隆起的倾斜胫骨上
两个面孔,一个左顾右盼,一个拿着
世界的法典。下面,夹杂在两种死灰之间,
两种,一种出自天火日书,
一种来自你深红的竹简,都在
浑天仪上
茫茫六道,一道已断。
世界,——共饮之泉干枯,芦苇
失去人语,砝码指定代价,沙漠雨影的
白头巾,双峰驼,未破壳的鸟。

我们的记忆
出了问题,但我记得
有个长爪疾书的道人
曾把不同的精神缀合起来

天道，人道，鬼道……
他想做成一个飞头人，
飞起的头颅和残肢，会越过天空
在另一地点完美复合。
如今，飞头人血淋淋从湖面飞起，仿佛
在何种天空下都能活得幸福。

道是一。
能捏出肉体的，
也能捏出死亡。一柄勺
两边舀起，全是一个血肉。
大地血肉，连在一起，
连同那个飞头和残肢的梦想，——
刻在宪章里，如今
刨碎，碾碎，搅碎，混合着尸体和汽油。

那些事物
从大地杀过
两条长长的印子，我们的
灰烬之路。——你左手捏出肉体
右手捏出死亡。一块煤
铲进锅炉，高高的脚手架上一根人骨垫入世界，
而草原的牛奶哭了，
因为孩子们死去；
案板上，一部绞肉机，饕餮们乡党们和杂碎们

分吃了那生存的未来。

这世界这人皮
　　撑在三月的小雨里
　　　　像一种永生；三月的
芦苇，也在这永生里
两次倒伏。两次，仿佛死灰
终将扬入湮灭，你为自由
高歌法则，而我窗前的海棠
开了又谢。这大地，这坼裂的根，
你用止血棉，用秋天的树叶，用心皮，包扎？
用从前的莎草纸羊皮纸，世界的绢帛水墨，丙烯，
都是血呀，——文辞与火誓，投石器，子弹，钢筋水泥
塑造这高高的死！当你奏出普世的竖琴，
在天空凉丝丝的小雨里

我已饮下

　　这灰烬这物质这人皮
　　这丙烯这艺术这精神这枪炮
　　这枪炮这人肉这盛宴这发动机
　　这残肢这太阳这飞头这血色
　　这大地这人皮，这
　　死灰和贴在人皮上的微笑
　　……

　　　　　　2012年4月

鬼市

红红绿绿,
左眼挑着一只红灯笼,
右眼挂出一盏青灯。
公知把酒论道,一把骨勺打出四个
花脸。与鬼用餐
人论鬼事,鬼论人事。

汉俳四题

1

雨水剪寒枝,
三下两下
打发了那古老的死无常。

2

一只手在萤火里招呼。
山风过路,夏草蛇行:你的歌。

3

今年,看山,
千红不慰一叶血,心中
最后一片叫也落地了。

4

把酒坐进冬天,
吟么吟,山青青,
似曾相识的影子过山来。

制陶女

> 是谁让我们这样回首
> 不管做什么,我们于是有着
> 离去的人的风采?……
> ——《杜伊诺哀歌》

1

这紫陶多深啊,
豹纹和火山灰,季节之物
落入深秋的手而大地
宽宏地应允了一种希望。
一个青年,面山背野,
在一场美妙的婚姻失败后,
为逃避城市固有的忧郁,
就这样僭越了佛图澄未允诺的地界。
社石之卜,动和碎裂的
勒咯多,土庙,灰烬般的人形,
仿佛那是人的最后一个作坊。
她就坐在里面(望着

色彩和死——我想起某处
见过的摩崖）断发纹身的女人，
容我品鉴：沙，利贞，东方式的寂寞。
当那人在橱窗前沉思
正始谈玄论相的观人术，
某处，那紫色土之上，紫色的生殖力，
你的脸是否一如古器被风削损，
唤起最初立社的恐惧？
他站了一会儿，转身离去，
这天他在旦纳广场走了一圈。

2

故乡。那多风之地，
更多地属于金土水火，焚烧日作
之后，在晚红的石榴色里入浴，
用蓖麻驱邪，点燃罂粟的幻觉之花，
猫头鹰飞走，吐火的犾即
不再来，陶罐封住了独角兽。
死亡终未能剥夺鲜红的手
和甄土的热恋，这就是她度过一生的
秘密？创造的疑问使我们为难。
我们自认是自由的，我们
站在更高的时代，是否比她
更自由？——

文字悲鸣的时代
飘满废物。今晚我乘火车
去图宾根。忘了给你留言，
那黑夜的女人或许就在今夜
来访。她说天堂也用鬼器和人器，
坏家规者是我——
听不见作器之人在山谷唱歌了。
从车窗望去，山野青青，
衣袋里有一篇旧稿：一只陶器，一次
没有计划好的旅行。

3

无目的地。方圆，无边，
寂静，——你的大地飘逸
又凝重，到处那种色调，丹砂朱地
白绸之光。"那不是
一个早已逝去的大地吗？"
古赛街，离红楼不远，一个
街景研究者茫然若失，而雪花
落向那凋花窗棂，仿佛
那是死亡街景中的小小器物。
另一次，在旅途中
和两个陌生人谈山鬼，
其中一位荷兰教授嘟嘟囔囔。

山鬼，对了！杳忽无形，
据说是保管礼器的雾中人，
在你们为生存事件祭酒的记载中
为何拿起骇人的屠刀？
五月获稻，六月呢？六月
祭鬼。诸如此类。不觉
已进入秋天，头一次
遥想久远的"大年"，青瓦和红瓦，
天井之石，数一数，五百个春秋。
五百个，时间宅院，土神藏着的
不情愿拿出。两手空空的
你，拿什么谈论天命和归宿？

4

此地，在混杂的男像柱
和一群瞻仰者之间，她的首级
搁在橱窗。美被如此陈列，置于
我们的嗜好之中，如同拍卖
我们自然死亡的基质。连这条街
也在黄昏中站立着脆如沙器的人。
我走过；她投来一瞥，
在防盗装置和陈列空间保护下，
看得出，那斑驳的眼神布着重重疑虑。
唉，我在这里驻足，停留，

是否像窥淫者从她身上窃些皮表，
析出暗纹，数据，工艺和配方，
如同复制一件英国珍氏火器？
多么想撬开橱窗，抱走我的美人首级。
她在期待着我，我们
避开店主那精于世道的目光，
透过暧昧的空间对视着。突然
心烦意乱，想一走了之。
人和头像之间，距离的恐惧
近在咫尺。怎样越过人
这无用的亲切感，倾听沙质的器物以外？
头像是寂静的。我活着，
比她死得更久，更深。她永远年轻，
而店家将按她的年龄更换每日的价牌。

5

于是旅者希望回到故乡。
缪斯已死，那少女如梦尸时代
的寓言，穿着旧时宽大的深衣，
坐在她的作坊之上。重操旧业的人
可否做得轻松一些，向梦境讨教
旗亭之事，勾栏，昨日的杖头傀儡，
石英，云母片和时间之漏？这就是远道的
历史图像吗？一只暧昧的陶器，

在餐楼门厅映照着族人的好景。
新年食客唱喏：东篱无菊，
但有火鸡。爱吃抄手的混血女神也来了，
被河东狮子领进一片葫芦云，
出来的是红衣黑彩的人儿。
忆美人吗？两个。第二个看不见，
她会来，收拾灰刀和书，摆到架上。
你知道我给其中一个写了情书。
她说小时候做梦，天上也有
一片庄稼地，它将成熟
成熟，从田垄上走，就到了共同的村庄
一棵山槐在轻雾中
移动，必是同一个大地；那飘着的，
你知道了人的限度，共同的
就不好说了。你呢，诗人，
你的语言难道也成了一件尸衣？
在偶像衰败的年代，人们有理由
习惯新的土坯、建筑之王和奇怪的战歌。
有位闽乡诗人来信，说是家山无存
他宁愿生活在陌生人中间。

6

月令把随文记事放在我手上，
柿子成熟了季节将死，

土、色彩和创造为何空留最初的占卜?
楚人言:"迷阳无伤吾行。"
我有作坊,可绘山水,作泥足。
她气色好。万千雨脸。高脚杯在桌上
跳狐步舞,非说秦时月。
怎样呢? 过后,天青石磨洗烧过的,
走过,翻转着,人的事业。他呼唤并继续着
像他的女人盼望一件翻转着成形的陶器。
多年以前,在一处人火烧过的废墟,
我站在土庙和灰烬般的人形面前,
有一个声音问:

"在我
久已荒凉的
理性中,可否修复一间作坊?"

我回去,
如瘦小的童年去看旧时的衣物间,
他又问:"帽子在哪? 那沙质的头像呢?"

一个空寂的下午
我再次经过红楼,门前飘着
梧桐的梦。小女像被人买走了。
多么清净,仿佛没有年代,没有时间
只有行人。沙器,沙器世界,

可一切都那么真实。
这古老的街,我常想起乡人跳大神,
晃啊晃啊,人头晃出涂料般的血块。
我们坐在布洛涅高大的秋天里想起这些事
她望着我。说,香山秋雨绵绵

1997 夏秋 / 1998 春 / 1999 春夏

巴黎,布洛涅林畔

祖国

你的天空没有言语。
我珍藏着五个秋天,而后
又五个,更空旷,更深,向着死亡,
更深的我,那内心的

黄栌,用它更深的紫红色叶斑
把我覆盖。

我已有二十个秋天。
我知道,二十个没有言语的秋天
挤压着从心中穿过,
是怎样一种杀戮

当那血再次溅出
又是满山红叶重阳日。

你的天空没有言语。
你的天空在一抔土和一块耻辱之上。
你的天空是没有纪念的纪念,
你的天空无处安放那年轻的血。

古老的胃病

赭石朱砂，有妙用。
这些第几代秩序生活者？——
把关爱糅入调理，
艾灸，穿孔，引流，催生新的制度。

几个怀抱人文
情怀的猴头从幽门
跑出来，指苍天为证；
另一些上去了，佩起星星。
下面的，浮沤一世，披衣望北墙，
学会倒夜壶。

从头到脚，一部
胃经四十五穴，穴穴大红。

舌头和胃液
反刍着内部的无名疼痛。
倒嚼之物，嚼出
几个肠胃来，五人七人

坐在宴席上如同新掉出的粪蛋，
你望我，我望你。

耳目鼻口齿，据说
革心换面了。那悬在半空的——
人民太久，仪式早已作废。

途中

有一个瞬间
列车经过月亮,
驶入过去。我们曾经生活

在另一个月檐下。
那时,桉树气味呛人,
林子里的野猪会扮鬼脸。

此刻
还有一千公里,
看见雨衣,在笑眼泪。

在湛江车站停留。

几行短句杂沓而来,
韵脚大乱,往事已老。

胡同之夜

东头西头,雪花
也迷了路,在你弯弯直直的脑壳。

一个夜行人
走成大风呼呼的骷髅,
胯骨响连天;道士
抠出那砸进青砖的灵魂,
给街道委员会
煨一帖三宗符篆。

你,一夜之眠
如千年的石人之乡。

微风弹奏树木,
人不语,语已多。
清晨,那和谒的时光鞋匠
总是准时到来,
用一块天堂擦鞋布
拭去你昨夜的脚步。他脸上——

两样东西
烟钩子,青袖套,两片牛骨
一锅烟袋,这绝活
也有酸楚动人的五官。

官人曲

1

乐谱架,紫檀木做的车,
你把马扎雅乐师送到礼仪之邦。
这梦见孔子的大脚客,
从失火的旅馆逃了出来,
在东总部胡同遇见我那红顶官人。
摘他插雉羽的顶子,
他落出盘头辫子甩你脸上。
当心哟,别惊动房顶上的观天之人,
乱了他们的阵脚和仪器,
细小的人符就会成片号叫,
那班国师,艺伎,丝竹之客
如飞沙走石,而卜说吉凶的书
就要搬出来。诗人呢,
他借助什么才能逃过劫难?
乐谱架,孤独行走的黑礼服,
你和风交谈,和人类一样
去旅行,并客死他乡。

2

他肯定到过这里
（虽然没有听说此地
哪座戏院演奏过他那支官人曲）
他在城里转来转去
好几年，像个恼火的鬼，
找不着他的诗歌皇帝。
燕尾服携着这城的小雨，
跟着念咒的人和吐砖的人
在死人灰里摸一把大钥匙。
乐谱架，乱跑的乐谱架，
女人的脚铃会告诉你，
有一条街叫鬼打门
拖着灰直上到石板路的天堂那边。
和从前一样，你们喝茶，
让生活载着你们，
四合院是黄昏的偶像，眼睛
爬满紫藤。安魂曲降临时，
一支孤独的手杖老是跑上台阶，
敲打你们紧闭的门窗。

3

大摇大摆的马扎雅,你把
我的诗句变成飘风。来和去,
亡和再生,转眼落入祖先供奉的香炉。
"道不远人,"黑暗中的一炷,
可道的道出,成住坏空
一匝匝落下。他来了,
在我的私人领地支起一座透明的
构造,像是敲木鱼的塔。
他指着一个归宿:这颗是你的。
我想完了。抵达远逝的天命,
那早已死亡的图书馆,
词语小神尽欢喜寻获它们的脚,
跳着,连消逝的面孔也趁机围了上来。
外面还是鬼打门街,天上
飘着毛毛雨,官人在路灯下跌跌撞撞。
寂静中,路石敲着无人之足,
大片积水,碎枝落叶,转眼
夏天已过。你宁可拥有一种淡泊,
占有这庭院空寂无人的美,
并且相信,巴托克是这里的公民。

1987年北京,东总部胡同。

天命

> 往来井井。汔至,亦未
> 繘井。羸其瓶,凶。

1

有什么瘴气乱连山之法,
当卜问者被万物的声音抛回
如飞鸟撞入太阳黑子,
走向被拒之谜的人,他可能
成为疑问。要么,一幅可视的风景,
大自然标本,志怪学家,
他的语调也充满真理的滑稽:
西线公路,小兽浮云,
"好天气也捉弄人?"

他以为,他回来
经过那些记忆的场所
界石,红字——

踏上那条多风的离人桥,
心仍健全,阴阳差错
只是章句问题。
当车子沿着海,在日晷的蓝色手掌
和窥视者石之间
   频频谦让,
似乎回避,又想亲近,那些
哦,被弃的——
土神、山社或本地人的轶事。
他不能肯定有一个会认出他来,
只能叹说,人是一个世界的注释。

及至城头蓍草,石墙
纸马,阿畸婆身影如立其上:
"小杂种,井上飞鸟回来了。"
待我跑开,她把自家神位藏入乱草,
告曰:"你已被开除乡籍,
即使抵达,城门也向你关闭。"

我站在河滩远望庙宇,
那是我和嬫少去挑水的地方吗?

以往,山洪泛滥,
宁远河为过河人露出一床踏脚石。
水是无忧的,州志载

人称大水,自古如镜。男人
照见骨头,女人挨骂了躲着洗去。
丧祭漂水俑:来也远
去也远。人命名这水,用"远"就知
　　　流逝:我时时
反驳自己,唉,一如诗人
惯用诗去反驳散文,却驳不倒
那强大的理由;茫茫海上,一粒橡子的
漂浮,流亡或人被拒的理由。
老人说,冬至临,阴阳争而众生荡,
假若这话可信,我必身在
其中。占曰:初六,井泥不食
旧井无禽。被革除乡籍的人注定鸟兽无迹。
他回来,远望山川
城门大开,车辙沿坡而上
白云里头,依旧是土圪圪的
红纸,水田千岁,童年的影子立在牛角
那风景至今嵌着人粗粝的形态。

2

我决定进城。踏入
石影,那随山为界的黑暗,
穿过它,就能走到那边。
大石头,多草根,蝙蝠草

曾裂出一千个人面，在缝隙里
喊叫，用手去抓那血污中嘤嘤透明的人性，
直到看见传说中的
黑色物击下来，将那人形
击打成人。他听见回声落了
又从什么地方荡起。那偌大一片黑暗
黑而高飞，如成群窜出的死亡
落向山的那边——
夹杂着世界的童音。
你，足趾飞掉了！瓮门的两边，这边
和那边，仿佛不能走出去。

听见了。我听见那边人
的嘈杂了。那边，水的节日，
他们围着水井唱早年的歌
他们唱：土地诞生。
　　他们唱
诞生在这片土地是一种天命
如四时之餐，野狸、香茅和稻谷。
男人捧起女人的血就必然铤而走险，
放不下。他放不下。他有心事。

3

我出示户籍蝇头小楷，

在派出所和孔庙之间丢了一条
石膏腿。庙火不知何时又兴旺了,
往事撕开半个人影,
去吧,去唤一声铺子街,
那边有灯笼、药铺和戏台;
另一半,那未丧失的自我,直直进了庙堂。
三月,迎神,祭鬼,兴三教。
树亭井台黑亮。还是那口井,
有仙气。女人和铁皮桶
走过多风的牌坊、石门和童子巷,
早年汲水者的身影来来往往。

这些神色庄严的人,围着井口
商议。九二,井谷射鲋
瓮敝漏。要不要清除淤泥重垒井壁?
我外祖父站在他们当中,
这乡学出身的老者善辨星辰和
生人。我住下来了。
酒过三巡,姊妹更衣;
路旁,阳光疏疏的黑烈树,她们
领我去那议事地点

暮色中一道残留的石墙,秉烛者
和一群默默行走的人相遇。他们停留

片刻

相视无语,又各自远去
仿佛可视者和不可视者都在一条路上。
想想,在同样的天空下
我们突然回来,急于承认各自的
过失,在另一种时间中,
在熟悉的人影中,说笑,交谈,
翻阅着那本——
关于混杂的灵魂可以往来的书。
只有一个挑水女人停下来,
青青果子,死亡行列中的噱头,
走出来,蒙上斑驳的光。那粲然的一笑
使我们还维系着人世的信念。怎么说呢?
那是记忆者害怕的。吹蚀,剥落,
变白,一年年,这走道,这人世,
走过去,走回来,望见
"消蚀"和奢华的手稿同在。
出来吧,我们不知道谁在唤谁,
□□穿着鞋浮现在□□□道路上
　　浮现
　　轻快的步了,
她停下来,用腼腆的目光
望着我,身边带着两个女儿。

4

我冒昧喊出那名字,
一闪而过的美,细细碎碎的
落了。九三:井渫不食,为我心恻
假如生活已平静如水,
为什么回来扰乱人们的日常,
我,一个越界的人?从那边回来
和记忆者回去,是否一样?

她心地好,和往常一样生火,
我站在她背后,在缎子的光芒里。
从井台打水回来的女孩,
把水放在灶上,用手去翻火炭。
"着啦!"眼睛异常的大。比你
强大。两腿并拢着,手放在
膝盖上。火苗窜窜,在我们之间暗示
并想戳穿——这混杂的人性。

"还记得我?"她问。一闪
而过的微笑。消蚀,完美。晚茶后她走了。
多像聊斋时代的事啊,
那个时代,美人回到死亡
总是说出令人意想不到的话语。

5

舅父的骨头在床上说:"你离家
多年。我们小心保护着你父亲的碑石,
它被推土机碰坏了。去看看吧。"

烟雾里升起硕大的三足器
我在山上捧着将要烧尽的器影。
不管你成了什么人,
  那器影说:"叩首,放飞……"
青烟里,一棵高高的翅子树,一树的心
移过竹竿上飘飘用杵打出的铜钱纹
和这正午照耀的
    现世的冥界
多蓝啊,看它飘的招的,是要
远去了,从头顶,亭亭袅袅,飘到山下

6

城里,一些抱令箭的人,
自称乡党,一边食肉
一边造册,用牙签梳理口齿。
他们决定为本城居民修复旧城门
都说:"改邑不改井,无丧无得。"

改革者站在城头那柄
斧钺下，稳健如鹅的文牍
举着漂亮的双拐："南山峨峨！"
阿畸婆闻声驾到，
　　　　　　众人大骇。
但见她捂着胃痛跳到餐桌上
拿银汤勺打我舅父头上的两只角。
"老树开花。"打出兴头来，
舅父抱头鼠窜，跑进里屋
搬出那本珍藏了一生的大记忆书。人之
将死，其言也善，从汤武革命
到土改，还有大跃进阿畸婆落下的
病根和那茂盛，过于茂盛的红骨草……
我从院子经过，他瞪着牛眼，
鼻子从窗棂掉出来像一粒干果子，
牙齿也掉光了。到后来
我看见他的皮骨干脆就摆在床上，
少了一只角反显出半边肖像。

7

老人时常坐在廊下的
寿棺上吃饭。他们咽食发出空木头的
嗒嗒回声。先人有嘱
要趁早在院子里掘一口井。

阿畸婆说:"家家去孔庙挑水,
为何自家掘井?"她脸色难看,
说是该嫁女了。白面少年,
一个口齿不清的英俊表亲
佩着大红绶带站在门口学习拜天地。
新娘在阁楼上不肯下来:
"疯了疯了!"——这来自井底的声音
叫那腿脚不支的男人晕倒了。
窑事之上一窝黄雀,谁来守卫
那幻想中的一口井?
她奔下来,一群人在井台
扯住她,用绳捆回,
捆回那飘荡在井里的影子。
我回来,听见棺材独语,天井里
那棵石榴依然盛开……
我的恋人,辘轳上的月亮,
一切的一切。舅父
照例搬出那本大书,书页
黄蚀,卜断可能有误,但他手指准确。
上六,井收勿幕。水依旧
清粼。有血,还是可以饮用。

8

这里住着古老的汲水人。

井修在庙,乡人有福。我相信,
在肉体枯竭的年代,他们持守水的养生学。
他们歌颂过水王,但从不改井。

革命之年,我在城头上看见
我年轻的舅娘,跪在藏于乱草的
神像前。她怕一个无知的孩子告发,
把神抛入枯井。我回来,
她用柴草盖上井口。我讨口水喝,
她努力回想在哪见过,一个回来人。

她用竹竿把我吊到井底,水中人
半是天地半是草。我没有头,她也没有。
天地太大,辘轳吱吱响:
"孩子,喝吧。这井是你的。"
她给我水喝。说:九五,井冽,寒泉食。
井边对话,月亮对水桶,
两个真实的人和半个真实的世界。

9

地籍全烧了。可怜人,查过了
没有你。是件好事。快走吧,
远道而来,这里一切对你都是不祥的。
这是一个相距咫尺的地界,这里的人

不见生，不语人。属于你们所说的
逝水。就像你们在水嬉中放漂的木俑，
头戴戏具而舞，舞罢即沉。
纱围，锡箔，肉体模具，水上傀儡，
不是么？这些木制偶人，男女之像，
放在木板上，漂，不可见，
在我们远去的河流上。
人们照样汲水。六四：井甃。无咎。
当然，你也可以写一部新的漂俑戏，
同源故事，新手法，取消古老的名字，
那水戏也将付诸永劫。可是，
我看见你们啊，我说。阿畸婆正声
厉色："这里都是已过的人！
门是纸做的，我们全都站在后面。"
说完瓮门阖闭了。记忆
还在那儿自语。他回来如一场美妙的磨难，
大记忆的磨难。面对亡灵，
他，一个在世者，感到语言的贫乏。

      1998 年春初稿
      2004 年 2 月第二稿

年深月久

为了收获,最好把秋天
连同它灿烂的死放进同一只篮子。

人走向往事
镰刀咔嚓……青物太多。

年深月久,弥合,或者很难,那就
让它结籽;因为记忆比你强大。

损耗

亲吻死亡

还有什么永在的吗？夹竹桃
和卷毛狗。道奇卡车。她的一家
是从西贡来的。她喜欢用脚
踢水壶，那只呜呜空鸣的绿色军用水壶，
从壕沟爬出来，像一只回忆的沙蜥。
"出来吧，给你一堆战利品。"
眼泪，鸽哨，我举出这么多，
词和句子，多严整呵！他们就站在那儿，
她和那个男孩，他们会弄乱这一切。

沙和声：只有人，透过它
把时间归给时间。白色飞翔物，
不居住在人改变的城市里，
它在人的边缘，在舌尖上轻轻跳着，
一只白鹭，一个词：姐姐。
我看见一种损耗，正在耗尽，
一个词失去效用。也许这样更好，

我亲吻死,亲吻兽骨和厨具,
还有水晶石,六个棱面的
是六个纯净的天空。人站起来

声音是埋不住的——
"出来吧,别藏了。"时间
没有放下你的童年。多固执呵,
你好,木板人行道!你好,石榴树!
一种人称,该怎样发出人的色彩和声音
从灰暗的领域?在S地
放学后经过街角那片老屋,
我们都跑进慌乱的海面的太阳。

直射眼睛。脚下是贝壳、骨头
和寂静。我们说话,死不是寂静。
满树红槛花,下来吊脚的
楼子,天上的风雨灯?你瞧
他们站着,两眼空空,都是空洞的人
拿了草帽就走,沙的人,
却总回来,和那时我们看见的一样。

印记

来,用你的小铲,挖吧,
会有印记和遗物。听来奇妙,

失败的词语盗墓者,多了一种语气,
因为挖掘,因为挖掘时我们也像那些人远去?
事情似乎到头了——
我们乘坐父亲那辆破旧的道奇车,
他喝多了向天空的道路开去,
我们掉进大海。那一瞬间
我看见沙的人,他们扛着石灰石
上到天堂,扔进火里,
而我们从世俗世界的背面翻落下去。

失于命运

为什么人失于命运
就像弃于荒林?我们
互相找不着,却努力在回声里
谈论一些事。譬如
其亡其亡,系于苞桑,说到
同一个词,系于,命运之物,语义,——已然不同。
如果我坚持说,那不是死,而是
耗尽,语言耗尽,也许还有别的,恕我直言:
我们没有天命了,一种突如其来的东西
使这时代过多的带上死亡的气味。

称谓

姐姐,一个寒碜的肖像恋人
曾经抚摸着你脸颊翻开灰暗之书
他偷了那个亲切的称谓。
他走了,不想让你知道,像是——
拾起一只从母亲的手落下的断镯
因为落下就成为回忆。
早年,他从白芒地走出来
抱着你的衣服(那些明亮的亚麻和
沙丘黄花)他要去省城读书了。
他要走,不,我不留恋家乡灰色的
人在后面张望。她想知道
那些晶体的棱面,不多不少
六个,光穿过其中之一,如果她把邈然的一束
对准你,毛发,呵童年,
童年,会不会燃起一场大火?

遗事

她比他大。他听从了
那灰暗之书,走到她炎热的
双腿中间。灵魂与灵魂,早已
在我们之间传递秘信,

她却使我相信有一个词还未说出。
也许世上有更可靠的时间语法,
既然我们回避不了平庸,又怎样
保持那一闪念,我们铸下大错时,
水晶重现。我听见:光穿过寂静事物的
力量。我梦见她,当我失去
可称呼的,因此失去构造句子的能力,
当我眼睛流血,不再写诗,
姐姐,那个流血的日子,我们还会提到。
她总是把手伸进我的头发,
挖吧,你会的,——你知道。

他回忆起苏州的雨

——给张枣

不多不少
六个浮凹的月相;
其中三个,已逸出天外。
你仍坐在那里,——何处?何处?
一张桌子,一只酒杯,那本
翻开的鞋匠之书,任风掀动
在河岸的碣石上;
而我们,一把掷入长风的骰子,
生命之页止于何处?
你写过大地之歌,
你想"试试心的浩渺到底有无极限"。

那鞋匠书中讲,一条言说的大地之路横在云端,上下
不可视,没有现成的东西;惟有那更高的自然能铺出
一条路,可诗人一旦尝试即踏入险途。

记得
那些即兴的场合,

你抽蓝色高卢牌烟草,
吐出却是浓烈的乡愁,咏叹调
突然变味,你从枯死的
年月深处急急抓住
一个走来的半月形面庞。
随后,仿佛是进入前线的日子,
你常来,坐在我的小客厅
彻夜长谈;没有大地,我们喝着酒
在古老星光投来的
暗示中,想象大地和大地以外的事情。

一次漫长的谈话
  已经越出了时间以外,
    在六个浮凹的月相之间。

当我们的词语小舟
划入另一片海,两次火光
从云层闪出杀伐的艾勒斯风向图,
世界再次被更新了,
在一个残缺的六月和另一个
破碎的九月之间。那一瞬间
人们又谈论世界历史,仿佛
在他们匆匆的脚步和窃窃私语中,
在毁坏的,松动的,或者破碎但更高的
思辨中,大地之书突然打开

像天河高高折射。

如果那是诗人之路,
雅各布·泼墨这高明的鞋匠
也帮不了忙。四月的德国,
你在阳台喝酒;冬天,你握着
笔,像一条蓄起胡子的沉船
在海流中行驶。等到我们再次见面,
又是江南听雨的季节,
坐入空濛,如坐入一坛老酒——
檐角雾霭低吟,雨水
在檐槽流淌,声声滴入古瓮。

这雨声,这古老的
东方血统,大地再飘渺
也不同于一日一新的浪花。
我们依然这样生活着,而脚下,大地
是否还可以再写一盘"韭黄鳝丝"?

脚下,大地之物?
四月的苏州,雨点跳在空中不落地,
可你帽子飞了,头湿了!
连我自己,话一出口
如同一片乌云落在头顶,真不该,
我一脚踏入"尘俗"惊动了一桌雅士!

大地所藏，不易为人所知。
那天，我们去一个湖。湖里有花娘。

思越人。如古诗所言。

仿佛脱去天衾坐入湖底，
你焦虑地问"世"在何处？
我答不上来。古老的桌前，你用手
搂住死去的美人腰，而湖面
一叶轻舟荡去，像你
划去的一行诗句。总归是旧日子，
曲曲折折终是好，如你所说。

出了客店，走上桥，
太湖烟波浩淼。这该是世吧？
我们活着，脚在地上，走着，
踏着，踏着这忧郁
这破碎这完整的"世"却坚持
要把诗，呵，这无足轻重之物，写进
那渺如细沙的长空，仿佛
七个脚步有一个
已先我们而去。记得那鞋匠说：
"不，不，你不能这样想：昔者圣人路西法只顾自己
升华，使那本不纯净的自然力变得愈加炽烈，愈加苦
楚，黑暗，不清晰了。"

都说诗人说高远的事。
丢开书本,世事变迁,大地依旧。
真不该,浪子笑谈圣哲。你
饮入黑暗了,一任忧虑噬心,风乱书页。

饮入黑暗,一切造物骇人地美丽,
看不清的也是如此,常常如此,
骇人,但美丽。你看见了,在镜中……

只觉人事两苍茫,世界
太真实。我们罄其所有
注定失败。你坚持
用梅花去对它,梅花开得真,
赞誉者也多,可你却落荒而逃。
呵,不要责怪诗人写得少,
语言是我们的村庄。
这年月,伊呀者多,轻言
诗是生命"不能不写"的人更多。
你能不写。你写了,
那是你知道,说出那最高的,
脚并没有跑到天上。骨头
写进天堂,能死的死无葬身之地。
脱俗的诗人不是好诗人。你已
饮入黑暗,并且已准备好:

一座古塚敞开，遗迹带着微笑
出来恭候你的一生。骨头是一份礼，
看见这礼的人，必知天命。

三人行。三人均说：
　　无悔。一韵对死亡。

太湖上，打渔人撒下一张网，
好大的网！坐入湖底的人呵，既然
甘冒粉身碎骨去碰那含而不露的命运之劫，
半截词，不也能击能舞么？
不只是词，你已把命
像一把骰子掷出。我们的
浮云之路——左手，家山美人；
右手，世界之轮在转。
以前说过的事，没有说尽。
也说不尽。无论你坐在哪里喝酒，
惟有大地收骨头。"一个人的归宿
是他的村庄，"这是上辈子一位老者说过的话。
今天，一个有感于手套和工具箱的诗人，
他已掌握这秘密，却难以道破它。

此岸，一座山谷被锯开，田园复活；
那界，雨点打在书页上。我们
都在天地间，人长久，却又仓促，仓促

君说
太湖雨,我在
雨中行。这未完成的谈话
已走到时间以外,在两次火光和
六个浮凹的月相
之间。一个人的归宿
是他的村庄,再高远
也依然踏着大地。那更高的,
如果人能走,就有尘俗之物。我们
还有时间追悔旧日之失。每当我
独自为一些答案沉思默想,
总有个声音时时插进来:"也许
在淮南王门客的家乡你活得更好。有野老,
近不周山,你的遗址。"

大地乐于倾听
诗人低低地讲述
万有之中那更高的事物。

2001 年 7 月初稿/2003 年冬二稿/2013 年冬三稿

给矢吹诚君

夜宿山村,竹音
舞落天狼星。尺八对插竹,
那是第一次相识,在丽侬。

竹裂撕心。丽侬在何处?
相见不易,见亦难。
宁愿想,君在长野踏雪去,
我从扬州采茶来,同宿一青山。

主人好客,
庭前摆下橡树宴。
席间,长箫短句,
我心已醉,醉向嵯峨竹,
舌头却在桌上戏言:相见欢,
仇人共饮一壶酒。笑了,
你,一个知心知腹的兄弟。

继而竹鼓排琴,
都说江南竹大,嵯峨竹高。

想起松尾芭蕉作竹俳，
你的种竹日，我的醉竹天，
都在五月十三。风雨不虞时，
别忘了，带上蓑衣和笠。

不凑巧，丽侬河边
遇急雨，亏得山风吹来奈良油纸伞，
你我同在一把伞下，伞上有
伊藤长签名，一个
高个子天体物理诗人。

2011 年 8 月

听鼓

鼓声响了,
柏木嫁给牛皮。
这边缀上铜铃,那边蕤起绿松耳石。

一个叫大玛,一个叫桑额,
骑在鼓皮上,鼓声
驮着你们走远。

跟我说说,
苍鹰急飞,
那青稞麦粒跳到何处?

从雅砻河谷到山南,
冰雹砸到你家乡。

坐在山顶击鼓,
报说"前村正打牛魔王"。

羽毛槌,花氆氇,

长柄对铜铃,鹿来弛坝子。
鼓声响了,
那是卓玛的心跳,
那是家园
回到一个民族中间。

未完成的诗

如果她笑,呵,那神气
弥漫于这午夜的沉寂,一场小雨。
我会闻到,大如天神的祭酒闪在门外,
那时,一切都叫做爱情。

一棵冬树。省略。一些事物。
此刻,一支铅笔的暴动
比昨日更悲怆。——这是第几次?
我为你而来,一如人民走向自由。

梦中失笔

凌晨四点,词语碎了;
就用破碎的,破碎,写下——
这天,风止于石头;道
死于火;幻想消失于武器。

你把时间夹进一本书,云杉和
厂房还在风中摇动,词没有停止。
梦中失笔,血肉筑出
那飘逝的路,在一切之后

十地书

冬天

冬天,在卢森堡公园,
乌鸦停在树梢。在雪中倾听
伤痕累累的栗树举行秘仪,雪
已积在黑亮的羽毛上。

那黑亮有时闪进树枝,
雪掉下,仿佛翅膀折落,而枝桠
摇动,预告着即将来临的消息。
我看到栗树上死亡转灵,

与坡看见的不同,它们
即使在枝上挪一挪脚或拍动翅膀,
也没有声响,飞影已雕入
时间的黑色木刻,永不再来。

这天我坐在长椅上,对着
魏尔伦,他头顶也站了一只鸦。
这单调中的庄严,我在这里

给你写信,我想在信里告诉你,
我听见了入教者的仪式。

1991年复活节,巴黎

给我鲜花……

给我鲜花,五月的铃兰花。
玛瑙天堂和皮卡勒的老秋娘
都跑到晚餐的暮色里去了,雨中的
蒙马特像一只晃动在高地的透明山梨。

别人的喘息从身边擦过。跑来时
那么急促,好像外面发生了骇人的游戏。
黑暗中拿着花的手,啊那只手
在过道里,像某个小石像断落的手臂。

我要一束。——五月铃兰
这应答在黑暗里仿佛古远的交换,
令你生疑,就像花瓣从石像手上飘走,
庭院一整年空寂。经过多灰的墙

和走道,在一间多风的十九世纪阁楼
的木板上,她暗示我等待午夜教堂钟声
并且在那一刻别忘了,最后的
开在她的田野和双乳间,最后的一束

五月铃兰。我们可以躺下,因为
是尽头,就像儿时跑过一片盛开的铃儿花,
它们摇曳银灰色的天空她将指给我
——大而灰的诞生之门

      1991年5月,Clichy

暗梯

1

你懂得冬天的路。
它的本意不是寒冷,而是一场雪。白中
之白,那幻想之门,需要轻轻的一场雪
在深处叩响……

  古老的事物不会予人很多。子书里讲,有个年轻人和一位长老同去道家大师那里求学,大师突然死了。长老叹道:"先生没有用狂言教导我便死了。他知我浅陋放诞,所以丢下我去了。"我端起这咒语如同一盏生命的量杯,挥饮之间半生已过。
  此地有个已故的匠人,从明灭之间给我递出一把梯子:"下来吧,以人的精神走向事物的深处。"走向事物,这话令人犹疑,且你楼梯深暗。也许正好,我本是从颓废的世纪而来,来寻你古老的节日。

2

血迹未干
宴席已人头挤挤。一场雪
白中之白。食客们已经厌倦
往事;革命同志,如今
坐在客厅高谈葫芦胃口和新的菜式。
我已走下暗梯。

一弯新月
指向事物的背后。
从寒冷的窗口
我看见阿拉贡的白发
在风中走远。更白了,一颗
曾经站在你诗歌里的心,你年轻时候说过
浪笑出狂人。
我要走下深暗的阶梯。

3

冬天是季节转换的
大师。从那沉重的储备,
每一次的果实和萧杀,大地
依然走出寒冷和死亡。

4

蒙巴那斯
旋转木马带着你
和一群孩子,时快时慢。
正是一年,落日奔下来的赤马
携着劫光闪入黑夜。
坐上去了,在时间之上。转回来了
在时间之上。雪花明亮
穿透手心,……转呀
死去的灵魂转不回去。
那用血抵押的前景,
好像仆人给孩子讲好国王的故事,
而记忆之石立在时间里:
人民流血,青石凛立。

5

一年将尽。
你听见雪轻轻落下

> 正好敲响骨头。门前,一个无尽的片断:那个日子的日子,那个把死亡展示给长天的日子,呵,此刻也有扫雪人!雪花多干净!路面多干净!心口上垒起的

细　色

　　雪，也在笑扫帚上的小悲伤么？

也许，在你迟疑的眼神里，
我沉重的诗行，——此刻我已站在暗梯上
能用轻一点的言语，说话。

　　和年月，和万物，
　　和一块花手帕，一个词，
　　和一枝梅花，和一个人，和你。

有年无年，
灵魂和我们一同守岁。

　　　　　　　　　　1991年初，于巴黎蒙巴那斯寓所。

到对岸去

我们驶下老城。迟疑的心,
留在了市政厅山积雪的炮台。
须臾间,一闪而过的天把人弃回处所,
这才知道我们已飘在河上。
林走进那片白光似乎一步一回
都是时光印迹,容人细想;
此刻,难得她孩儿气
乘飘毯,看见人世落向两岸的风,
一阵蜉蝣雨扑面而来,浪花平息。
冬天将下沉。看不见
山上那座法国式的小屋了。
它的主人,已故的回忆之塔女馆长,
为何召唤人爬上那窄木梯,
此去也,一曲吟罢不再回头?

这样去似乎是无穷尽的。
在这里,三个不带枪的闯入者
在轮渡上说起中午那顿魁北克面食,
林要在白光里生活一个冬天。
白光,河面,蜡封的僵尸,

细 色

流水的木刻。重吗?他们重吗?
这声音听起来很远,
舷筑起的安全线意味人人都可以死去。
春天它就融化。我甚至觉得
这天林站在船头是最惬意的一刻,
你看,她缩着脖子
让天空在她的红围巾上打结。

似乎是无穷尽的。
向后滑去的
道路只给脚掌一寸的余地,
足够了。你可以生存,
想象林怎样走路,怎样用脚
踩那些白色、嘎吱嘎吱的淌过去。
林晃了一下。她的名字让你怀念,
好像被投向孤独。大家慌了
因为一种无能为力的感情,因为
冬天;在船上,想到一天
直至多年,它未融化。
河静静的推来它永恒的木刻,
匠人已死。记得吗,那个忧郁的小词?
林笑了,像另一条河。
我们没有抵抗
这片汹涌。我们要到对岸去。

1993年2月,蒙特利尔

一次旅行的不确定方面

抵达

那个在冰河上站了很久的人,
是我。如果她来,经过圣卡特琳娜大街,
穿过多雪的小巷从圣保罗街拐出,
会看见我。一个人。就我一个人。

船冻在河面

她没有来。没有人告诉我
那些结冰期的白轮船是否在一个多雾的早晨
龙骨断了。当然,春天它们还会照样远航。
带上滑雪具,我们一起到山上去。
我冻僵了。——这个呆头呆脑的人,
他们这样说,我也这样说。
天使们走了。死了。他们的死
被人用来命名了世界。谢谢上帝,谢谢天使,
你的孤独和你的老码头。
是我,我站的地方正下雪,

很多雪。即使她来了，
我也不会问她那些船为何冻在河面。

在河岛翻阅一本书

冒着风雪
去河中的圣赫勒拿岛，
只一会儿，我的汽车就成了雪山包。
某种裹起来的个人回忆，
打算就这样走掉。我搓着手，
想起南大西洋一座同名小岛和拿破仑，
那是历史，与我的生活无关。
如果她来，我们会说别的事情。
譬如大学时代，带着书到山顶水库去游泳
听见她说我跳下去了！书页间
我看见闪光的云，在那灰色海面，
浪花依然悬在那里，而我们
已留下成年的忧伤——
让事物荡开吧。也许，在林中路的尽头
你还能和从前一样，远远
认出那身影，多年以后。

忧郁的材料

趁天使还未将你击倒，

闭上眼睛,圣劳伦斯河暗绿色的肉体
和情欲从安大略湖流来。读书吧,别把车子
开到河里去。结束场地,
我说,她不会来,这你知道。
从一次旅行的具体性跳开,
你只是向着词语扩散的一个气质,
在忧郁的材料中整理无可替代地消失的形式。
她不会来的。海,海,那逝去的
无舟可渡。为何一种复活,牵扯出
早年的计划。有好风从往事吹过?

拉布拉多寒流

与小熊星座不同,
精确是多么无用的气质。
这你知道。那是滞重的,缓慢的,漂好几个月
抵达河口还要碰上拉布拉多寒流
挟来的冰山
和雾,夏季的雾,在海上
当然她不会来。我没告诉她我在这城市
停留。岛在激流中,一个人在他自己的
流逝中,一种非我(来自何处?)
救了挡风玻璃上那个结了冰碴的人。

尾声

其实我可以回到圣保罗街
喝酒,消磨余下的时间。买一只
铜扣或一件铁制骑士像。如果她来
我们会沿着老码头的栏杆走。
说些什么呢?说她做了母亲,
说我闲时写一些叫做诗歌的东西吗?
冰河上有一个人,他是旅者;
我到这座城市无非是住两天。
如果她来,至少会告诉我,
这里的上帝很坏,冬天长六个月……

1993年2月蒙特利尔初稿,
翌年4月巴黎改讫。

拉丁花体字

给 Claire Pecheyran

并不遥远。我们看见那些地点,
那些飘浮的群像,
在石头意念的天空里挽救古老的读音,
也挽救你——
你可以读出每条街名,加上她的名字,
而时间没有名字,
   你叫亚历,
她叫克莱尔。你穿行于石像之间,
他们会不会突然俯下身来,
而你仿佛也能回过身去,
借着钟鼎文的足跳到另一种乡愁?
当你情不自禁讲述河图龟书的事,
他们全都收起脸上那花体字的笑容。
这时,克莱尔救不了你。

想想那次古代的审判,
他们用的是天使的语言!

如今,一个人远道而来,
学习一门手艺!那最初的词根,
同源者——
或许就是人的亡佚之书。
你学习,怎样走进那条不能两次濯足的
河流,克莱尔却带你跳进升降梯。
上升到塔顶之前你两次怀疑,
你将被遗弃在帕斯卡尔的两面悬崖。
你完了,弑神者,
那是神已放弃的透明世界。
再也不能野马吹息
从山阳荡向山阴,
你没有山洞,没有摹本没有影象,
你活着,仅此而已。

好天气。克莱尔快活极了,
生存是充足的。阳光从对岸
送来一群巴拿马舞者。他们
大笑着走进她手上的镜子,而王宫广场,
几片桐叶,再次红透她的嘴唇,
这也成了你在世的一个理由。
生存是充足的;
欠缺,也是充足的;
我们走去,和往常一样去某个地点,
渴望一点亲切而痛苦的东西,

试着说出它。虽然是你开口,
这东西很难了!站得住,或者崩溃。
啊,符号,人造的光,宿命的母土,
如同死亡法则,诗人,
你能用什么语言使人类大同?

在圣路易岛,她喝
杜松子酒。巴黎女人清亮的语调
多像你的巴山夜雨!呵
高处,那残破的美,知否,
知否,谁的如梦令?新桥的雾
把人拽到猩红的灯光下面,
莫里斯海报柱冲你狂叫:生活,生活
你不可收拾的一天沿着沉沦的惯性滑去时,
alea jacta est 那地址
你记得的:达达尼尔海峡街六号。

1997年春,巴黎

马德利加短歌

我来了。为了一次圣节,
在你怀抱,你的裙摆下。
是阿尔梅么?在这杀祭之年,
你向我跑来,眼泪汪汪。

我年轻时,有个七岁的
坏小子曾用元音砸我的骨头,
让我坐起来。是阿尔梅么?
领我去王子街他的三米天井。

我死过一回,在街上。
带着他高昂的号角去地狱游历,
那天,我死无葬身之地,
只有一小册,他的诗篇。

我来了。你两百年家祭,
我的圣节,在你怀抱,你的裙摆下,
为了,哪怕最后一次,
听听美人唇上清亮的法语。

1989 年 10 月

海德堡片断

1

残破的天空,完美的天空,
Lily 沿石级上去探访蓝魔鬼的家,
我去诗人之路采野莓子,
我们将到城堡里交换礼物。

历史可能更适合山下的书橱,
我宁愿走进那片晚霞,一帧肖像式
的图片。它的超小型,书页式的宁静,
缺少文字,敞开不加注释的空白。

2

也许我是伯沙撒王召来的贤士,
望着残壁上的德语不知大难临头。
奇怪,一对新人跑到废墟来旅行结婚,
他们为不羁青春所做的安排,
令人想起这地方的风俗。那时

路德曾以这种方式与文明和解，
而我，来寻诺瓦利斯的早年理想。
在他那样的夜里，我们坐在
城堡中心，仿佛一只绳已脱断的小摇篮
在这时代摇来摇去，而我们
仍兴致勃勃聆听麻雀演奏夜莺曲。

3

从阅读可能推迟一次到访的假想，
你试图找到宿命之匙。谢林1809年留下的。

4

箴言伸来梯子："拯救你自己吧！"
人啊，残破的天空，完美的天空，
想像马背原是书写的皮子，绽开的花，
除了抽象，除了死，驮着你就命名为访客，
访客到来之前永远是缺席者……

1997年夏

尼采

头颅起风了,
你看见人类把行囊和烧焦的木枝
沉入水里,北方的蓝湖

耀眼啊,北方
蓝湖。天亮前必须离去,
越过冰雪,越过今生。
奥莫拉,奥莫拉,
　　　带走女人和马匹。

最后的丰饶,最后的
凝视。血,骨,脑浆,
看见了,未来的影子,世界。
母亲在风中说,
　　　去吧,孩子——

你会长得结实,天命
已到,我不会让那众生之手
把你的头按入黑夜。

头颅起风了,
母亲的庭院,
人子的天空,有时
并不及你黑暗了的大脑清晰。

马约门的雨夜

就这么一滴心形透明的水,
包含了我的理想国,桌子和咖啡。
窗外是塞尚的雨夜,
我找不到露娜的房子。

账单代替了苍白的手稿,那些
人形湿淋淋的行走是否可以代替
早年的斯基泰,或者
两三年前在高原参加一次天葬的人?

我要画的斗牛士还没长角,
缺少气质。甚至侍者,他光滑的手
被十九世纪的灯光刺了一下,
托盘飞向小教堂的彩绘。

冬天小雨很动听,没有惊扰我
和我的邻座,一个裹着大衣的青铜女人。
她黑亮的面孔已经投来几朵乌云,
不!两朵大睫毛,我的保护伞。

我应该在维吉尔的牧歌中留下几枚
买路钱,然后去找但丁。不然
想象界之王要在夜里支起新的断头台。
晚了,影象被一只飞禽击倒。

我惋惜,要为那只打碎的杯子赔偿;
他们坚持为我开脱:一只利摩日小陶瓷。
人就是这样,在怜悯的时候
总能找到理由来抵销地狱的债务。

> 1994年4月8日
> 于巴黎马约门Ternes咖啡馆。

钟表的用途

――给金宇澄

两只从旧货市场买来的
钟表,嘀嗒嘀嗒在桌上走着。
一只是一八零九年造的,
另一只是一九一零年造的。
时间悠闲地赶着车,
马低头吃了发条上的草。
我看到了拿破仑的石匠,
我看到了海泽的所罗王和拗妹子。

Près du Sacré-Cœur

波玛,找一找!穿黑衣的
万尼娅躺在钢琴上生气,她的手指,
玫瑰谷的长手指,忘在
蒙马特的月亮里了。
今夜,可是一个少女的
              二十岁生日!
万尼娅!万尼娅!
琴盖掀开了,客人都来了,
玛莉亚妹妹也穿好缎子鞋了……
波玛跳上气窗,朝空气里咪咪叫,
我从那儿望见白教堂的石柱,
柱上的月亮让人想到基督爱人类。
靠窗的北岛在想什么?
他紧锁眉头。途中的词语,
途中,季节星座,老虎,湾流上的诗歌。
今夜,伟大的今夜,
键盘上,
走着一群异乡人。今夜
你的萧邦从四月巴黎升到六月北京,

可你还是有点儿悲伤。
午夜的四肢像喀斯特高原的裸岩
张开着；几个唐朝瓷人
也在夜里
　　　亮着，瓷人亮着
　　　　　　等待一只手
黑暗中，琴键跳起，她们登登跑出来——

　　　du feu à la main
　　　pour prendre part à ton vin

靴子歌唱！屋顶要塌了，
波玛跑来用银色手搭我肩上。
——我能为你做点什么？
我说：假如我走过去
碰你小床上的旗。我的忧郁
可会挂起来像一只中世纪的风向标？
——你是说维庸吗？他很快活。

街上有人叫门了。她伸出手，
又尖又长的玫瑰爪子，从巴萨克街提上来
一个人影。不好了，
姗姗来迟的宋君把万尼娅的心伤透了，
　　　　　琴键找不着手指。

演奏吧,蜡烛缎子鞋!
多么奇怪的夜,艾吕雅的苦都
在我内心伸向远方。可这里就是
我的厨房。忧郁没有尺度,
大海说,小如酒壶;天空说,大如脚掌……
好吧,好吧,今夜
我乐意,在她的裙摆下扮演
那个流浪的厨子。
我们都记得他,这嗜酒如命的
家伙曾在绞架上喝酒,死的时候留下
诗人至死不怪罪生活的遗言。

2000年夏,巴黎

月光,或青铜

那时我站在他吹出的青铜月光下,
那是个夏天,想把一只彩盒运回家乡。
那是他送给我,一个黑人的礼物。

现在他已离去。大厅还在为他奏乐,
他不管了,他有他的寂静之路他边走边吹。
他去哪?那支小号是否向着我的天空?

这人总是使我忧伤。他叫戴维斯。
听到这名字,我就听见月光从云层裂开,
忧伤如青铜做成的红色中国布鲁斯。

1991 年 9 月 29 日

天使望故乡①

爱人,在哪一片
天空下,我们拥有
这行云流水?望去天高地也厚。
我在此地,听人讲
死在这里的异乡人会指着天空
做一个美丽而苍凉的手势。
不管在何处,总有
一片雨,一片天。旧了,发黄了。你
还是记得我们在岸上走,
有时想起什么,
汹猛的河顿时平静。

有水就有泪。
一只泪眼是街角那盏灯,
滴下来,结成你身上的鳞。
葆拉说水神是不死的,
在她的乡愁旅馆,我喝醉了

---

① 此诗标题借用美国小说家 Thomas Wolfe 一部小说的书名。——作者

两眼灌满世界的风,
错把月亮当成了稻草。啊,稻草,
天堂的小笺扇页,闪闪
烁烁丢给一个人,他抓住不放。
不,他撕碎,抛回人世,
在他沉没的地方。
从窗口朝下望见水影中一对人
你说不是我,也不是你。让我
想起一出大都杂剧。

青衣和白脸
猥在一起。一个
以狂言戏鬼,来来来;
另一个以谣词作歌邀你赏月。
当垆酤酒的人啊,
楼上楼下月鬼都来了。
月鬼们的流水家居看不清,
你水衣素袍坐镜前,镜中
有我,就知我为何总在水边

喝酒。
一朵透明的死
飞来站在木头。你们
解开岁月的缆绳,
坐船,穿过人石苍茫,水面站着一位

翅膀半折的天使,举着月桂
招呼人,他脸上的小洞美丽无比。休要责怪,
我身上也已千疮百孔!面具流泪时,
你用海水去敷,没有用。

诗无足轻重。
你好大胆,在他乡
死也喝我这壶不知生死的品藻酒?
威尼斯禁止玩目力游戏,
所有的猜疑最后证实
水城不是关汉卿。
你的生日。我们进了一家礼品店,
记得你有双漆木花屐,我挑了最白的面具,
正好配得桃花人面
头上有只大蝴蝶扑扑。

故乡该是桃花开了。
我与店里的母夜叉说起
在故乡,我有个飞花人。
她左边蓝羽神,右边黑白两面神
都眯起了笑眼。水夜圣马可,雾的圣马可,
所有的瞬间都超越了生者。
我坐着,听人讲,
在水边饮酒的人时日无多;
我想,伟大的未来莫过于此,

所有的海都是非凡记忆。

心事

广袤

杯盘狼藉,

绕过躺椅和永恒的废话,

两个女人风衣抖抖,一个带来

铜豌豆,一个捎来曼的书,

豌豆对死亡,都是下酒菜。

没有关公,没有小鬼。记得我们

雨中走,走着走着前面就是那个拜月亭。

这礼物轻,你可挂上那亭台

1997 年夏,草于威尼斯。

仿龙莎体爱情诗

给 Lily T. H.

I

呵,什么也没有带来给你,
只有这一小册,一截自我,还未干。
几小时前我还在巴黎的屋顶上,
想象你的美丽可有一块沙地种植我的
言语。仿佛多少年后我还会写
马德利加短歌。来得太匆忙,住在
乡村小旅馆。房间漆过了,窗子朝向青莲色
的时间。你和九月的云一起飘来,
我收拾厨房,你的马突然跑掉,
整个下午我们呆在天花板中世纪,
你的脚和卷曲的毛从被单抖落出来。
写作失败,月亮大得像托盘,
你端来咖啡和面包:先生,请用早餐。
我说"诺曼底,葬我在你的草场。"

Ⅱ

村外有棵五百年老橡树,
有高卢人的大盾和铁犁。
我们说有,且说年,似乎年是更大的。
我每次来你都毁坏天命,让我
望见那轮子的凹面:那里钉了块
木牌,像是死者告示:不得逾越。
有个叫拉罗什富科的贵族军官
教我雕刻法语格言,我却把它
刻成了甲骨文。唉,我该举起斧
砍向那面吞噬者之镜,还是丢下它?
天使人老,而天暗时,肉体
浮出来?耗尽我的不是怀疑或精确,
而是你,诺曼底,难养的丽人。
明天会有明亮的雨:笔、书籍和手。

Ⅲ

覆盆子亮了,亮在脸上和手上。
人,遗忘的旅行,他的旅行,
黄昏的中线,没有边界,但见两边
敞开去,还有什么比那女人采撷的姿势
更能证明我们慑于美而死于欲望?

走出汽车,可能是涅瓦尔
的一条村道,九月还泛着苹果酒香,
你已猜到雾中马车载着西尔维娅。
还是那幅木雕,在九月,它亮起来,
一切都是现成的,又是过去的,
那些篮子,火炭,我们深爱的女人。
我们是树下的异教徒,有风
在吹,有过往者,而人以书楬之;
木心是空的,它仿佛生来如此。

Ⅳ

天哪!梳高髻的厨娘伊冯娜
把宴席弄焦煳了。高贵的女主人
在每个人脸上寻找刺客。今年有人诵读
雅姆,中魔者更大更远的农事,
而那逆子手合大树,为的是
不失去娘儿们的手。外面风声鹤唳
把手给我!抓紧了!别到那儿去。
瞧,树上飘落的人影。
拖下来了,木头人,木头武士,
头颅藏在圆木里。当心!
那些扛布袋奔跑的凯尔特人
把你扔进箩筐。尽说些骇人的故事。
"绿衣人!绿衣人!"烧神者边跑边喊,

那刺客就坐在树下思乡,
思脱落者,根基,脐或飘落的图像。

V

我携半部古字笺在欧洲乡间
走来走去。人和旅行的词语为伴,
会在哪个时间小站分手,从此
告别家园?你似乎已经不能准确读出
由来已久的注音。桑,从木,
羌礼,信符通关。你家道中落了,
骨头残缺,笔画徒立。或者拆散,重组……
想想吧,一个汉字,一座家宅,
废弃了,居住难;重新搭建,
搭不好,塌下来,飞灰吟啸,
落在好奇的石板瓦上——
好似苍天一泓泼墨。而车厢里只有
娜塔丽搅着咖啡,坐在你对面。

VI

诗人种园。松林里
花根死了,痛苦成为表达狂;
你闯入一座冷清的碑林,
谢阁兰的中国竟是这样一片奇迹,

你迷路了,却走进一个有人招手的墓地。
有个声音说:"过往者啊,过了界
也就无界。"我寻找你,就像某个时候
走进一家破落古董店,
尘封的书架上可能还有
作伪者的嫌疑,我找到那死去的话匣子。
交谈没有中断:"不,人的尺度
是隐蔽的。你是一个木器时代的人,
可你已经不会使用木器。"

Ⅶ

的确如此。夜里,我在列车上
读李渔的无声戏;白天
我在树下翻动书页:一本无页码的书,
更像是某个义学僧的遗产。
也许我不该反驳那位正午的大师,
他在海上看见明晰的表述,
而我,在黄昏的中线上,
那个时刻是唯一的没有边界,
光渗向晦暗时,那些词语,道路,甚至
路边的每一粒覆盆子都亮起来——
桓,亭邮之所;她叫来一辆马车,
我梦见私奔的李夫人。檏,巡夜者

击木。橺，醉死他乡。柎，钟鼓有足，
撞见笭床，远处有加油站……

VIII

似乎在古老的僧伽蓝摩，
人们更加自由地谈论天命。
譬如有人像湖，深而见底；
有人只用一只眼看事物。
有人能度越彼岸而住立在高地；
有人像老树皮，可用来擦锅。
有人自命浮云，不打雷也不下雨；
有人像空瓶打开流出烦恼。
有人因识破一善天而成为塚间居住者；
有人习惯于从死亡中净化出来。
到处，烦人的职业习惯！
唉，我们还是喝椴花茶吧，
试试用古老事物的语法交谈。
就像在加德满都的山上，一个
皈依佛教的儿子对法兰西院士父亲说，
你有一副科学头脑不等于永不迷路。
这天，三个不期而遇的人，
在诺曼底，从不同方向走进一个奇怪的黄昏。
他们为一桩心事而来，围着
一棵树走动。因为少了一掌之幅，

万尼娅哭了。丈量什么?天命、爱
和死?谁都不透露那谜底。我们当中
有一位诗人;他,缺席了。

IX

万尼娅和薇都是虔诚的人,
一个有着十九世纪肖像的眼神;
另一个,她的花裙子,是冬天
才有的花朵,在血缘的亲近中
携带着,像一种疗伤的药。
天上鸢尾,我们的歌,而美是
无助的。似乎如此。在异乡我总是看见
我们深爱的女人挥手作别飘忽不定的手指。
她们喝茶,闲聊,微笑着,
惟愿她们的闲聊与悲哀的时代无关,
而逃逸的俊兽们用撕裂的假声击向世界,
依然是比兽更猥琐的一群。
既然如此,还是把歌还给萨福吧。
"月亮下去了,"那女人说。

X

鱼、羊腿和酒,岸上一夜。
面对你的河流我突然失去诗歌,

从未这样沮丧。我欠着你
大笔债务。在这屋脊下,深暗的
酒窖里,我们顶多是亢奋的小激情,
喝着海明威的骨头汤,用异乡的玫瑰
编织伟大的场景。我们死了,
或者我死了。听见背后的人说
这一小册,带着一个人抒情的血。
真的死了。在时间的某个小站,
我记得你挺得高高的双乳,
并且相信这世界还有可以信赖的事物。
为什么不,美就是这样的无救助,
但你有自由生活的诗人,
法兰西,我静静坐在你的黑夜里。

XI

她们进了乡村教堂,
听女歌唱家唱古诺的歌剧。
夜里荒凉的客栈来了一些不速之客,
她的房门打开又关上,
青莲色的原野上走来红底黑字的队列,
此乃我的葬礼,此乃古歌。
她的房门打开又关上,如一个人
沉思,另一个人在他的沉思中漂泊。
恼人的中国月亮像半个鲜红的

祭器从那边升起；而这边，我的农事之夜，
有酒，有风在吹，大脑微胀，
有一棵树的童年，超于十地的不羁的
来去者。我喝多了，
既然有橡实，也会有诗歌。

2002 年秋

我们总是这么说

给高放和田君

1

该你了,总是听见这声音。
我已自放,像子书里的惠施制瓢
毁瓢,毒药流入身体,文字倒回瓶子。
也许有一天我们坐在雪中
对弈一夜。好,我们总是这么说。
你一定记得,他老提起一种海南咖啡
在那大如圣夜的时刻。两个少年人,
一个自命李白,一个自比达利。
你给他画像,一个人最后的肖像,
肩要画得大:大肩膀,女人靠在上面
我能把她带走。你们谈论女色,
等待,在那圣夜,不知等待什么。
在那个梦里,我们望着星空,
期待好人多于武器。本来计划
秋游去香山鬼见愁或山东蓬莱岛,

我听见那圣夜士兵的脚步,一下一下
如杀戮击向未来。这该是最后的
少年梦了:少年李白和达利,
坐在夜之上头颅灌满长安街的风。
你答应了,带走她。如今我来与你再弈,
摆下棋子,三步两步,不知去处。
该怎样写一个人的生活呢?

2

这天,孩子们用脚,我用回忆,
我们一起驰向大雪中的学校。
山上,雪光耀眼,小熊已越过网栅。
幻想和现实,如同开动一只轮子
而另一只落下山崖。我们
从未完整,而是破碎,再破碎。
那里不是还有一截吗?一个声音
活着,那被往事收留的一截儿,
你抓住它,如同一个人梦见自己的死并走过去
而圣卡特琳娜大街落着雪。
我们下山了。铃儿响,孩子们喧闹,
我用脚,也用回忆。傍晚,从阴影而来
的东西,总是砰然击床拖曳于后。
这天我过了三十五岁,
梦的雪橇一直来到这不祥之年。

3

今天是二月的某一天。见到你们
如同一个爱斯基摩人回到他的村庄,
坐在雪中,捧着心,倾听久已陌生的言语。
我们静静坐着,喝茶,回忆;你
双手交垂,一场大雪一直来到
心中。仿佛是天意的逼迫,你无须痛哭,
也不必有太多的诗意,不知怎地
就回到另一座城市,它灰色的街道
塑造过许多年轻的夭亡者。
那还是不久以前的事,回望中有如
秋天的红叶,有死的灰,有美丽的疤痕。
人们还会像以前那样说起吗?那些不甚明了的
期盼,直到今天依然是理性的失败。

4

握住!我们总是这么说。可是
在一个人孤独的体验中,该怎样握住
那属于天命之物?我只有书写
和对完美的嫉妒。最好
让毛毛领路,去罗亚尔山
堆几个雪人。童年使人自由。也许

还可以承诺,譬如,写一个童话——
孩子们把雪人带回家。可我们
一个早已破碎的童话,你看那些
着象牙装的鸟语者,已经
从我们的黑暗中,四处跑出来。
凋谢的物种,额头印着纹章,悲鸣着;
悲鸣,却是我们造出来
放在大地上的影子。
如此附丽于死的健康造物
被死本身衬托着,为何一只来自童年的手
有力地把他们从那里剥开?

5

表达不可表达的东西多难啊,
谁又能说它不是生活的一部分?
谈谈生活吧:出门,泡吧,与人聊天。
生存本就琐碎。我们总是这么说,对吧?
生命中有这样轻的语句,
随便拯救了孩子的世界,可是
我们分辨的事物,诗歌和年月中缩小的
心灵,如果它是坦诚的,你会担心,
我们自身无比骇人地
露出比死还灰缟的遗忘。那是
比劫难还要深的,自由人失去

自由的想象。他惟有
在怀疑中亲近他的记忆之物,
母语于是可以居住——
内在的,个人的,我们不可逆转地生活于其中,
它会走到家园的对立面,以它
令人难堪的方式从一切古老的情感中穿过,
而我们将痛苦地怀疑
那个在语言中寻找祖国的人。

6

今天我们打碎了一只小神。
我们拾掇它,屋里屋外,小的,更琐碎的。
这可好,五分钟里提起那么多旧事。
东门以东,七月槐花飘落着,
路上有野芹,心是对应物。两个夜鬼
在云端抽烟(假如那年代留下
个别的肖像,我想大概如此):歌谣体
对梦的论辩者,贾岛对马雅可夫斯基。
他们要解决一个狮身人面方案,
一份朦胧的时代文献。直到
他们行走在破碎的季节之上并目睹了
狮身的暴力。你会写下很多东西,因为
记忆是个永远的擅入者。
它,总是以灰暗的方式到来

令你惊慌：轻，有力，像水面浮光
恋人的手，触痛时，它的刀尖能划破常年保养
的外表。它必回来撞击，因为它
拒绝残酷的美，不管你用何种修辞。

7

同学，往事乃托付，
也许应该把旧瓶重新打开，让梦
幻再流出来。那不可表达者总是拒绝
我拿在手上的可疑的鲜花，惟有
让叙事留下诗的真诚。这理由，
就像那年一个骑自行车路过的女孩，
她对疲倦的我说，你好，
我认得你，听我念一首古老的花间词吧。
于是我坐下。间或有风、雨和雪，
我们书信往来，偶尔相遇，更多的是
奔忙。在庸碌的天空下还惦记那桩心事，
于是她把头埋在一个人的肩膀。
我们活着，并且做着好梦。
我们梦见死，梦见北京那个肖像式的黄昏，
你们领着毛毛走过堆了雪人的大街，
生活不时以明亮的片断闯进来。

1993 年 2 月

新鞋子,越橘树

你们,从霍比塔来,
穿着摩尔多瓦皮袄,千里迢迢,
新鞋子和越橘树,百年的风
没有改道。是啊,还那样吹,
脚铃是它的朋友,
边走边开花,白色的花
飞在天空,错落落的像一大群
死去的鸟发出
欢快的啼叫。那是他走过的路啊

你们
捎来乡人的话,
要把他的遗骨请回故乡。
说是归葬,不对,是……归家
说着说着又见往事隆起成高塚
说着,又见青山。
这言语——
像喀尔巴阡山雨季的风
从可辨认的灰色作品吹来,永恒的

石壁，膨胀在大地的枝丫间，
那故乡之子，睁着不死的目光。
而你们，一封家书，
在波旁宫耀眼的廊柱里跑上跑下，
找不到那洞石砌成的门。

和平的天空下，
他，一个带乡音的
名字，就站在你们晶亮的
泪门里，胡子上还挂着罗马尼亚的霜。
请吧，请坐，坐在那沉默的
桌旁：诗人无饭就喝汤。

新鞋子，越橘树
百年的风，还那样吹，你们好生走路。
好人啊，请回吧，
死在哪里都是故乡。

2011 年 11 月，巴黎

丹妮和雷吉斯的中国

1

一张旧照片穿过机场大雾
从一本灰濛濛的书,从丹妮的手,
滑落。仿佛人是这样抵达的:你们
拿着三笑图,带着古老驿车的箱子,
雷吉斯忙着拨手表,拨正一个辰字。

当你们同时说出"世界"——
我该怎样倾听,世界,从喉咙里,
假如它是一致的,而我们不曾
生活在其中?或者说,时差六小时。

这天,世界
仅仅是一个忧郁的名词,
说不上来。而他,谢阁兰,
你们喜拓碑文的同族,头戴毡帽,
骑着世纪初的马,也曾在这里,
这清净的四合院门前,老槐树下,

掐着六小时，怀念布列塔尼
树篱田畴，香肠和酒。

呜呼！出租车把你们
丢在民族饭店门口。两个
乔装长衫人，惊恐，满意，相觑而笑。
上帝啊，此刻，你袖子里掏出线路图，也找不着
那骑马人的阳关大道。

2

在西单喝茶。梅花
壶上开，娘子看着心欢，
哎哟，茶馆里戴银手镯的鬼婆！
我们面对面，听任
词语为我们撑船。雷吉斯说，
她固执，像你们的杜十娘。
好吧，那就不怕半路覆舟，向南
还是北？我领你们
去看一座平安之城，那人
就在那里书写寂静的汉字，
你们的千里之行。五月，
雾里，有什么印证了这句碑文——
东向形北向心：既然来了
还保持你的莽撞和失策吧。

我说路是共有的，
这话多少让人怀疑。
走多远，山鬼才出来鼓琴？
向导为何哭泣？你们以为
找到了那骑马诗人逗留的地方，却站在
注定被烧死的女神跟前，
在那些衣领飘动的人群中间。

呵！这天我该怎么交待？
天路之上，你们看见了，我只有
雕像，孤独的北京，风在她的周围扬起
死亡，火光和希望。
道可道，不是一切都明了。

3

去东陵。
雁阵向着秋天
飞过烟炖山，那飘逸的笔势，
仿佛要跃出天地。
山谷空灵，天地人的
排列中没有你们的天使，
这足以对天国的去路产生疑虑，
或深深着迷。丹妮

眯起双眼。在马兰峪,山风
吹来一场不知起于何时的古老争辩。

——字还是老的好。
你看,那里面有完美的等级。
——最高的等级。

九重天,我比你们
孤独——丨和天地,悬着。
精神逸出,如人站立,
而廓落之间,那深邃的基础,
我们知道的不多。没有
时间,没有根源,只有宇宙和香炉;
没有你们的七灵和第三种类,
人的形状直书于天地之间;
他的力量,来自明亮的墨色
和被天斧削砍的流血的双足。

惊慌的雷吉斯丢下我,
抬起十斤重的大脚皮鞋
去追赶向着秋天雁阵的妻子。

4

这善良的妇人

梦见过霓裳之舞,迷恋
释梦和通灵术,甚至相信
她天性中的某个部分
有一个在沙漠和黄土路行走的东方血统。

说起商旅,小心啊
路上总有一些模仿神的语调说话的人。
禅是寂。就像到来一样,
它或许可以在时间中超度众生,
但人死后,如古书所说,
脚上粘土的光未必被太阳超过。
做个路上的梦想者吧,
采花拾针,抓住满脸闪过的日头
给大女儿伊莎买一册山水,
给小女儿葛莱刻一枚皇帝印章。

5

是天路吗?初次,亦非
初次,你们不能抵达终点。
大雁拥着轻若鸿毛的阵列无声远去,
总觉得那是在诺曼底乡村
或布列塔尼,同样的五月或秋天,
没有撼动什么,人们习以为常。
雁阵落下,突然消失,天地高远

翼没有了,飞翔——
将是一个更高的梦?
望着骑马人的方向,一阵风起,
你们听见那古老的三笑,
法师、道士和诗人投向世界的笑,
而两山之间,那暗红天色
仿佛有一种难以言说的大预感。

天路之上,你们看见了,我只有
雕像,孤独的北京,风在她的周围扬起
死亡,火光和希望。
道可道,不是一切都明了。

送客不过溪。我们的
宇宙论竟是你们过境东方之路,
为了一个青年奉献的"中国"——
几本古老的书,你们慌忙查字典读李白,
跟着阴阳顿挫的诗词乱跑。
嗟夫!行路难,你们走下青天
头破血流,为大路所指。
在我夜读佛图澄治病的故事之时,
你们车过秦岭下西安。

雷吉斯带来他的红皮本子,
岁月荏苒

我用词语撑船
　　　　你乘残句归去
笑之精神理解了忧虑——
他忘不了,匈牙利或布拉格的五月
(后来证实,他记下了
　　　　他和丹妮的中国……)

　　　　　　　　　1991年6月,巴黎

戈多之死

走向千年之路,如海鸟
栖岸,集合了戈多的一代。
大驾光临!乐队,快请奏乐,
欢迎人文主义的戈多。

先以一升黄酒涮他的阴阳,
把他藏而不露的胃提到九品之上。
未来的梨园骐头,风景大师,
操笔杆和割腐肉的牛耳刀,

殁了。等来的神仙不是
神仙!医官报告:水土不服。
全体围绕这事件:此公
为什么死?这地方有晦气?

肥头谓庄重,瘦骨论斤两。
取用取用,中用西用。大用。
宰了师傅在学习倒立的弯腿之间,
脱落的肺,肝脑涂地的诗学,

流淌于笼子和鸡巴的亲和力,
委琐而亢奋的几许银两,
因为戈多的到来,苍天告慰了。
很像一幅新的清明上河图。

用象形文标明产于某域某地,
文本器官,风光好,其间的摆设有
戈多的牙刷,假肢,烟斗
和一具看起来相当古老的牛鼻环。

西水的海滩

当你听见
流水抽刀的时候,
那一闪,往事落下。

云丽,你去了南洋,
西水的海滩没有八月笠人。

涌浪啊,请用那片血光
祭这个词:愁。

写在衬页后面

那是蓝色时刻
我走进来。第一次,黑夜大红。
这逃学的拉丁文系学生,跳上一只筏
浮于一片海,而你的目光
在那些未成形的诗行上融化,
比我的眼泪明亮。

下雪了,
好似郑州一条小街,
雪上的脚印,蓝得耀眼。
冬夜巴黎,我还未来得及看清
新年雪花落向何处,你
从天鹅绒钻出来,窗就飘走了
连同院子的那棵栗树。最后一片叶
悬在那里,像噗噗响的心瓣
从那变红的叶脉
将血射入月亮。我坐在黑暗里
久久望着。仿佛不是真的,仿佛是稀薄空气
下来的一朵栀子。

真的,下雪了。
你从那些诗行猜出——
他流血的嘴唇上那声音
依然消失于故乡。他无他求,
他贪恋缀在黑暗里的花,
开在这样的时代,暗而鲜丽。
这城市,街道和喷泉,一切都会变白。
当我把脸埋进你的黑夜大红,
我闻到桉树的香气,
在我的生命里,那是一个起源。

再次

再次,轻于云
重于石。在南池子,脚认得路,
心反对你,它绕不回去。

我不能说,多少时间
我们能走完这段路,千步廊——
不,几块青石,在雨中。

有个声音,越过
二十年吹来,书页的一角旧了
并没有折起或变暗。

跃起的心,再重也能
从空气里,从人们轻快的脚步
去理解一种生活。并且记住。

雨之后,可能是冬天或别的季节,
譬如风沙,纷纷扬扬淹没城南城北。

你说还有时间,可以
去走走,试试心的浩渺;或者
当我们不再年轻,寡言少语,

而那死亡的风
还在岩石上雕凿月亮的浮屠。
惟当心事托起,又一次——
希望的分量,在那焦虑的记忆之门,
我们曾经在那,轻于石,重于石。

图书在版编目(CIP)数据

细色/孟明著. --上海:华东师范大学出版社,2015.5
ISBN 978-7-5675-2919-9

Ⅰ.①细… Ⅱ.①孟… Ⅲ.①诗集—中国—当代 Ⅳ.①I227

中国版本图书馆 CIP 数据核字(2015)第 008307 号

华东师范大学出版社六点分社
企划人 倪为国

本书著作权、版式和装帧设计受版权公约和中华人民共和国著作权法保护

细 色

著　　者	孟　明
责任编辑	古　冈
封面设计	何　旸
出版发行	华东师范大学出版社
社　　址	上海市中山北路 3663 号　邮编　200062
网　　址	www.ecnupress.com.cn
电　　话	021-60821666　行政传真　021-62572105
客服电话	021-62865537
门市(邮购)电话	021-62869887
地　　址	上海市中山北路 3663 号华东师范大学校内先锋路口
网　　店	http://hdsdcbs.tmall.com
印 刷 者	上海景条印刷有限公司
开　　本	890×1240　1/32
插　　页	4
印　　张	7.75
字　　数	152 千字
版　　次	2015 年 5 月第 1 版
印　　次	2015 年 5 月第 1 次
书　　号	ISBN 978-7-5675-2919-9/I·1312
定　　价	45.00 元
出 版 人	王　焰

(如发现本版图书有印订质量问题,请寄回本社客服中心调换或电话 021-62865537 联系)

定价: 45.00元